ビギナーズ・クラシックス 日本の古典

三十六歌仙

吉海直人＝編

角川文庫
22898

◆はじめに◆

みなさんは「三十六歌仙」という作品について、どのくらい知っていますか。この質問に対して、「名前くらいは聞いたことがあるけれど、内容についてはよくわからない」とか、「三十六人の有名な歌人の歌を集めたものだろうけれど、誰のどんな歌があるのかよくわからない」といった答えが返ってきそうです。なぜなら学校の授業で教わっていないからです。「百人一首」は授業で習ったりかるた取りをしたりしたので多少は歌も暗記しているけれど、「三十六歌仙」は習わなかったから、知らないというわけです。受験の問題にもほとんど出題されないようです。

実は私もみなさんと同じでした。だから馴染《なじ》みのある「百人一首」の研究を行ってきたのです。ところが「百人一首」のことをいろいろ調べているうちに、「三十六歌仙」と『時代不同歌合《じだいふどううたあわせ》』（後鳥羽院撰《ごとばいんせん》）という作品（秀歌撰《しゅうかせん》）の存在を無視できないことに気づきました。つまり、「百人一首」は、間違いなく「三十六歌仙」の影響を受けている、「三十六歌仙」を意識して編纂《へんさん》されていることに思い至ったのです。

ただし藤原定家《ふじわらのていか》の時代に、いわゆる「三十六歌仙」はまだ存在していませんでした。驚かれるかもしれませんが、「三十六歌仙」というのは、もともと単独の作品としては存在していなかったのです。それについてもう少し詳《くわ》しく説明しておきましょう。

「三十六歌仙」には母体にあたるものがありました。それが藤原公任《ふじわらのきんとう》撰《せん》の『三十六人撰』です。この作品は、「百人一首」よりも二百年以上前、『源氏物語』と同時代に編纂された秀歌撰です。そこから各歌人の歌を一首ずつ抜き出したのが、いわゆる「三十六歌仙」なのです。「三十六歌仙」は、『三十六人撰』の「一首《いっしゅ》歌仙本《かせんぼん》」（ダイジェスト版）というわけです。

よく考えると、文学史上最初の「一首歌仙本」は、「百人一首」だといえます。ややこしいかもしれませんが、「百人一首」は『三十六人撰』や『時代不同歌合』の影響を受けていますが、逆に「百人一首」の影響を受けて（刺激されて）『三十六人撰』の「一首歌仙本」である「三十六歌仙」が案出《あんしゅつ》された可能性も否定できないのです。それだけ「一人一首の「百人一首」は作品として珍しく、影響力が強かったことになります。

ひとたび「三十六歌仙」が成立すると、後世《こうせい》に大きな影響を与え続けています。「百人一首」を模倣《もほう》した多くの「異種《いしゅ》百人一首」があるのと同じように、「三十六歌仙」を模倣した多くの「三十六歌仙物」（異種三十六歌仙）が編纂されているからです。

といっても、「三十六歌仙」のことをよく知らないのですから、他の「異種三十六歌仙」と区別できる人は少ないかもしれませんね。

ところで現存最古の「三十六歌仙」は、鎌倉時代に成立した「佐竹本三十六歌仙」とされています。これは見事な歌仙絵を伴っており、その芸術的価値は「百人一首」の遠く及ばないものです。しかもそれ以降、歌仙絵を伴う「三十六歌仙」の伝本がいくつも作られています。さすがに江戸時代になると、「百人一首」も歌仙絵を伴うものが作られるようになりますが、その歌仙絵は、今度は「三十六歌仙」の歌仙絵を模倣したものでした。ですから「百人一首絵」の成立も、「三十六歌仙」抜きには語れないのです。

この「三十六歌仙」は、江戸時代になっても肉筆の歌仙帖が大量に制作されています。それだけでなく版本としても出版されています。特に「百人一首」よりも小品であることで、単独版本（たんどくはんぽん）以上に「百人一首絵入版本」の頭書（かしらがき）に掲載されることが多かったようです。つまり江戸時代においては、「百人一首」と「三十六歌仙」はセットで享受されていたのです。ですからその版種の数は優（ゆう）に千を超えています。

ただし頭書になっているものは、題簽（だいせん）（タイトル）に「三十六歌仙」とは出ないものも少なくないので、目録《もくろく》やタイトルを見ただけでは見逃してしまう恐れがあります。そのため「三十六歌仙」については、現在もその版種の全容《ぜんよう》を把握《はあく》することはできていません（頭書の「三十六歌仙」に注目している研究者もいません）。「百人一首」あるいは女子《じょし》用往来《ようおうらい》との総合研究がもっと盛んに行われなければ、江戸時代における「三十六歌仙」の享受史《きょうじゅし》の広がりは到底《とうてい》解明できないのです。

近世まで幅広く流布してきた「三十六歌仙」ですが、明治以降になると急速に享受史が衰《おとろ》えていきました。それは、学びの場が寺子屋《てらこや》から小学校に変遷《へんせん》したことで、「三十六歌仙」を学習する場が消失《しょうしつ》したからでしょう。そのため、現在は「三十六歌仙」の入門書さえ見当たりません。

それに対して「百人一首」は、かるた遊びと融合《ゆうごう》することで、幸運にも命脈《めいみゃく》を保《たも》ちました。それどころか競技かるたの登場によって、複数あった歌かるたの中で独《ひと》り勝《が》ちしたといえます。明治以降現在まで、どれだけたくさんの「百人一首」の解説書が出版されたことか（そのうちの三十冊くらいは私の執筆《しっぴつ》・監修《かんしゅう》した本です）。

もちろん「三十六歌仙」にも肉筆《にくひつ》かるたがありますが、それで遊んだという記録を見たことがありません。当然、木版かるたも活字かるたも見あたりません。あるいは「三十六歌仙」という作品は、「百人一首」の中に吸収されているのかもしれません。

それとも「百人一首」に飲み込まれてしまったのでしょうか。セットのうちのどちらか一つということになり、「百人一首」が残ったともいえます。

この傾向は、今後の学校教科書でも変わりそうにありません。ますます「三十六歌仙」はマイナー（絶滅《ぜつめつ》危《き》惧《ぐ》種《しゅ》）になっていく可能性が高いようです。「三十六歌仙」についての入門書は必要ではないのでしょうか。いいえ、決してそんなことはないはずです。「三十六歌仙」は「百人一首」と拮抗《きっこう》する人気があった、文学史に載るべき作品です。

そこで少しでもみなさんに「三十六歌仙」や歌仙絵のことを知ってもらいたいという思いから、この本をまとめてみました。「三十六歌仙」という作品の不思議さ、そして「百人一首」との違いがわかっていただければ幸いです。

目次

解説

「歌仙絵」と和歌の関係

従来の文学研究では本文の解釈が重要で、絵は添《そ》え物程度の扱いしかされてこなかった。ところが最近、絵を本文解釈に活用する（絵を読む）という新たな視点が導入されている。歌仙絵についても同様で、特に芸術性の高い「佐竹本三十六歌仙」の絵には、熱い視線が向けられている。

たとえば『佐竹本三十六歌仙絵と王朝の美図録』（京都国立博物館、令和元年10月）に掲載《けいさい》されている井並《いなみ》林太郎氏の「作品解説」において、「佐竹本（の歌仙絵）は和歌に基づいて鑑賞されることによってその真価を発揮する作品だと考えるからである。」（17頁）と、掲載和歌と歌仙絵の相関関係について述べておられる。これは歌仙絵に歌の解釈が描かれているということである。これまでにも一部の歌仙絵において、歌との関係に言及されたことはあったが、これほどまでに徹底《てってい》して論じられたのはこれが初めてである。

その影響を受けてか、笹川博司《ひろじ》氏『三十六歌仙の世界』（風間書房、令和2年11月）にも、収録している大阪大谷大学図書館蔵「三十六歌仙絵巻」（近世期成立）の歌仙絵について、全員の歌仙絵と和歌の関連に言及されている。これも個々の歌仙絵に歌の解釈が描かれているという主張であろう。それに対して私の見解は、確かに歌仙絵と和歌になにがしかの関連は認められるものの、それは必ずしも歌仙絵のすべてにいえることではなく、また作品内で完結しているわけではないことを、斎宮女御を例にして反論した。

歌仙絵の走りとされている藤原信実《のぶざね》（絵師）は、藤原定家とほぼ同時代の人である。だから「百人一首」の歌仙絵ならば、少なくともその当時生存していた歌人であれば、「似絵《にせえ》」（肖像画）として描くことも可能だったはずである。しかしながら「百人一首」に室町以前の歌仙絵は存在していない。まして「三十六歌仙」の歌人は、すべて昔（平安中期以前）の歌人ばかりである。しかも古い「似絵」は一枚も残っていなかったようなので、その人の顔に似せて歌仙絵を描くことはできない相談である。

そのため、少しでも人物に近づくために取られたのは、その人の身分に応じた衣装を着せることであった。具体的に見ると、男性官人で一番多いのは黒袍《くろほう》の束帯姿《そくたいすがた》（十八名）で、それに次ぐのが直衣姿《のうしすがた》（七名）である。その他、狩衣《かりぎぬ》、武官、僧がそれぞれ二人ずつ描かれている。女性は、斎宮女御以外は女房装束（唐衣裳《からぎぬも》）だが、伊勢だけは唐衣を省略している。束帯姿が多すぎるようにも思うが、身分によって微妙に変化を付けることで、それなりの区別は付けられているといえる（中には身分不相応の例もある）。

ただし同時代かつ同身分であれば、おそらく取り違えられても誰も気づかないのではないだろうか。そのことは、複数の歌仙絵を比較すればすぐにわかるはずである。例えば同時代同身分の清少納言《せいしょうなごん》と紫式部《むらさきしきぶ》を、衣装で区別することなど不可能である。それ以外の小道具として扇・刀の有無《うむ》、あるいはいくつかの独特のポーズ、例えば前向き・後ろ向き・横向きを基本に、左右反転とか手や足の位置を変えるなどによって、多少の変化は付いている。もちろん衣装の色や柄を変えることも行われている（豪華《ごうか》に描かれているかどうかもポイントの一つ）。私には区別できないが、夏服・冬服の違いもあるそうだ。

そういったことを踏まえた上で、それでも和歌との相関関係が認められるのであれば、それは論として有効ということになる。こういった視点から歌仙絵を見ると、かなり定型として描かれているものもあれば、いくつかのバリエーションを持つものもあり、一律には論じられないことがわかる。

しかも「三十六歌仙」は和歌の選択が自由なので、絵を描く人にあらかじめどの歌にするのかを告知しておかなければ、その歌の歌意図を描くことはできない相談である。ということで研究の後退ではなく、より慎重にしたいので、強引に歌仙絵と所収歌を結びつけることは自重《じちょう》したい。歌と絵の関係は佐竹本だけの問題ではなく、「三十六歌仙」「百人一首」『時代不同歌合《じだいふどううたあわせ》』などすべての歌仙絵における問題でもあるので、今後の課題としたい。

【凡例】

一、「三十六歌仙」の底本《ていほん》として、最古《さいこ》の「佐竹本三十六歌仙」（複製本《ふくせいぼん》）を使用した。

二、「佐竹本三十六歌仙」の配列は左十八首・右十八首となっているが、本書では十八番歌合《うたあわせ》の体《てい》裁《さい》を重視して、一番左右の順に配置しており、そのため目次の右の歌人番号が2（19）などとなっていることをお断りしておく。

三、佐竹本では左の配列が源宗于《むねゆき》・藤原敏行《としゆき》の順になっているが、『三十六人撰』に従って敏行・宗于の順に変更《へんこう》した。なお佐竹本の和歌に異同があるものは、本文の左側に通行の本文をカッコで示した。

四、「佐竹本三十六歌仙」の和歌（三十六首）だけでは、膨大《ぼうだい》な「三十六歌仙」の所収和歌を網羅《もうら》できないので、他の「三十六歌仙」に頻出《ひんしゅつ》している各歌人の歌を補《おぎな》い、少なくとも一人三首は掲載・紹介することにした。歌番号は『国歌大観《こっかたいかん》』の番号で示した。これで「三十六歌仙」の諸本《しょほん》にもほぼ対応できるはずである。

五、参考として「佐竹本三十六歌仙」の歌仙絵を複製本から掲載した（ただし白黒）。そのため顔の表情や衣装の柄に若干の違いはあるが、それを承知の上で歌仙絵の特徴を述べ、歌人のエピソードなどを添えた。

六、巻末解説では、「三十六歌仙」という作品の不思議な成り立ち・歌の組み合わせなど、必要と思われる知識をわかりやすく紹介した。

三十六歌仙解説

1　柿本人麿《かきのもとのひとまろ》（左1）

生没年未詳。主に持統《じとう》・文武朝《もんむちょう》（六五八年頃～七〇七年頃）に宮廷歌人として活躍した身分の低い歌人。佐竹本の歌仙伝にある七代八十三年間というのは根拠不明。家に柿の木が植わっていたから柿下（本）というのはよくある伝承である。『古今集』仮名序で「歌聖《うたのひじり》」と讃《たた》えられている。『万葉集』では「人麻呂」と表記されているが、『古今集』では「人麿」、百人一首では「人丸」と表記するのが一般的である（佐竹本は「人麿」）。『万葉集』には長歌・短歌合わせて八十五首入集しているが、勅撰集所収歌は二百四十八首で、そのほとんどは人麻呂の歌ではないことがわかる。平安時代の人麿は、平安歌人として再生していると見ることもできる。藤原俊成《しゅんぜい》も『古来風《こらいふう》体抄《ていしょう》』で人麿を絶賛しているが、人麿の代表歌とされている「ほのぼのと」も「あしびきの」も、人麻呂の歌ではないことに留意すべきであろう。

1a ほのぼのとあかしのうらのあさぎりにしまがくれゆく舟《ふね》をしぞおもふ　（公）

〈出典〉古今集四〇九・巻九「題知らず　読み人知らず」左注「この歌はある人の曰《いは》く柿本人麿が歌なり」古今集仮名序「人麿」和漢朗詠集六四七「旅」＊（公）は藤原公任《ふじわらのきんとう》撰の『三十六人撰』所収

〈現代語訳〉ほのぼのと明けていくという明石の浦の朝霧の中、島影に姿を消していく舟を見ていると、しみじみとした気分になる。

〈鑑賞〉この歌は『古今集』の中で、作者を「読み人知らず」の伝承歌としている。ただし左注では人麿作であることを示唆《しさ》しているし、仮名序では「人麿」作として出ており、判断が揺れている。本来は『万葉集』にない非人麻呂歌である。なお「ほのぼのと」はこの歌が初出の表現（非万葉語）である。この「ほのぼのと」は「明く」を導く枕詞ともいえる。当然「明く」には地名の「明石」が掛けられている（平安時代の技法）。公任は『和歌九品《わかくほん》』で「これはことばたへにしてあまりの心さへあるなり」と絶賛している。

b　竜田川《たつたがは》もみぢ葉《ば》流《なが》る神奈備《かんなび》の三室《みむろ》の山《やま》に時雨降《しぐれふ》るらし　（俊）

〈出典〉古今集二八四・巻五「題知らず　読み人知らず」左注「又は、あすかがはもみぢばながる」　拾遺集二一九・巻四「奈良のみかど竜田河に紅葉御覧じに行幸ありける時、御ともにつかうまつりて　人麿」　和漢朗詠集三一四「秋」　＊（俊）は藤原俊成《ふじわらのしゅんぜい》撰の『俊成三十六人歌合』所収

〈現代語訳〉竜田川には紅葉が流れている。察するに、上流にある神の鎮座する三室山に時雨が降っているのだろう。

〈鑑賞〉「らし」は根拠のある推量。冷たい時雨によって、木の葉を赤く染めたり散らしたりすると考えられていた。『古今集』左注に「飛鳥川」とあるのは、古くは明日香の「神奈備山」が有名だったことによる。

c　梅《うめ》の花《はな》それとも見《み》えず久方《ひさかた》のあまぎる雪《ゆき》のなべて降《ふ》れれば　（公）

〈出典〉古今集三三四・巻六「よみ人しらず　この歌はある人のいはく柿本人まろが歌なり」　古今集仮名序「人麿」　拾遺集一二・巻一「題しらず　柿本人麿」

〈現代語訳〉梅（白梅）の花が咲いていても、どこにあるのかわかりません。空を

かきくらして雪が降っているので。

〈鑑賞〉『古今集』には冬部、『拾遺集』には春部に収載されている。発想は『万葉集』の「我がせこに見せむと思ひし梅の花それとも見えず雪の降れれば」（一四二六番赤人）などと類似している。

d　あしびきの山鳥《やまどり》の尾《を》のしだり尾《を》の長々《ながなが》し夜《よ》をひとりかも寝《ね》む　（俊）

〈出典〉拾遺集七七八・巻十三「題知らず　読み人知らず」百人一首三　万葉集二八一三・巻十一「或本歌云」　和漢朗詠集二三八「秋」

〈現代語訳〉山鳥の垂れ下がった長い尾のように、私はこの長い秋の夜を独り寂しく寝るのでしょうか。

〈鑑賞〉ここにあげた四首のうちで、唯一『万葉集』にある歌だが、作者未詳の異伝として掲載されており、人麻呂とのかかわりは認められない。「あしびきの」（枕詞）は、『万葉集』では「あしひきの」（清音）で、平安時代以降「あしびきの」（濁音）となっている。「三十六歌仙」・「百人一首」の歌としては濁音になる。定家は俊成に近いａ「ほのぼのと」ではなく、あえて「あしびきの」を「百人一首」に採用している。

✲佐竹本の人麿は、萎烏帽子《なええぼし》に平安時代の直衣《のうし》姿（髭《ひげ》を生やした六十代の老人）に描かれている。ただし人麿・赤人（6）の直衣は、体に密着した萎装束《なえしょうぞく》になっている（他の歌仙絵の直衣は強装束《こわしょうぞく》風）。これは古風さを表しているのであろう。佐竹本は絵がかすれてわかりにくいが、直衣には綾文《あやもん》、袴《はかま》には丸文が散らされており、それが人麿の衣装の典型になっている。

腰のあたりに当帯《あておび》の結び目があるのも、人麿だけの特徴である。筆と紙を持つポーズは、和歌を案出しているところと考えられている。ただしそれだけで、特定の歌とマッチングさせることはできそうもない。なおバリエーションとして、筆の穂先が上を向いているか下を向いているか、紙が巻紙《まきがみ》か折紙《おりかみ》か、硯《すずり》がどこに置いてあるかなどの違いも認められる。

もちろんそういった歌道家による違いは、江戸時代以降次第に意識されなくなっており、どちらの構図もかるたに描かれている。さらに人丸画像の時代的な広がりも見せている。例えば藤原兼房《かねふさ》のものを①夢想系《むそうけい》とすると、②業兼《なりかね》（平業兼）本（百人一首系）は筆も紙も持っておらず、手は膝《ひざ》に載せている。同じく筆と紙を持たないもので、③維摩《ゆいま》（中国文人）系は脇息《きょうそく》に寄り掛かったポーズで、④岩屋（行尊《ぎょうそん》夢想）系は虎の皮を敷いているものとなっている(唐様《からよう》の服を着ているものもある)。さらに後世には⑤立ち姿も描かれる。そしてその複合系も種々存する。さすがに人麿の歌仙絵は多様であった。

もう一点、佐竹本は歌仙絵の背景に何も描かれていないが、いわゆる兼房夢想系の中には、背景に散る梅花が描かれているものがある。それは『十訓抄《じっきんしょう》』上四ノ二に「木はなくて、梅の花ばかり雪のごとく散りて、いみじく芳ばしかりける」とあるのを絵画化したものである。それに見合う歌は、『三十六人撰』に出ている、

梅の花それとも見えず久方のあまぎる雪のなべて降れれば(古今集三三四番)

であろう。この梅の印は、小道具として描かれている硯箱《すずりばこ》に梅花紋(梅鉢)として表されていることもある。ただし実在の人麻呂は、梅の歌を一首も詠んでいない。持統《じとう》朝《ちょう》にはまだ外来の梅が歌題になっていなかったからである。

★歌仙絵の謎　人麿のバリエーション（六条家と御子左家《みこひだりけ》）

「似絵」の流行が鎌倉時代以降だとすると、人麿の画像だけは平安後期に描かれているので、「似絵」の嚆矢《こうし》ともいえる。それでも歴史上の人物である柿本人麻呂が没してから数百年が経過しており、人麻呂の姿を見知っている人は誰もいない（資料もない）。そういう場合、都合のいいことに夢想、つまり夢で人麿に会うということが行われた。

平安中後期の歌人・藤原兼房は、和歌の上達を人麿に念じていた。すると兼房の夢に人麿が出現したので、それを絵師に描きとめさせたというのである。どこまで真実かはわからないが、そのことが『十訓抄《じっきんしょう》』や『古今著聞集《ここんちょもんじゅう》』などの説話集に記されている。『十訓抄』によると、人麿の絵はその後、兼房から白河院に献上され、宝物庫で厳重に保管されていたようだ。それを六条家歌道の藤原顕季《あきすえ》が借り受けて写し取った。顕季の母親は白河院の乳母《めのと》であり、顕季も院の乳母子《めのとご》として親しい間柄であったので、宝物を借りることができたのだろう。

顕季は写しとった人麿の絵を壁に掛けて、「人丸影供《えいぐ》」という和歌儀式を初めて行った。この時点で、「人丸」は既に和歌の神様として祭られていることになる。もちろん六条家にとって、それが歌道の権威付けに有効だったことはいうまでもない。

その人麿の絵というのは、「直衣に薄色の指貫《さしぬき》、紅の下の袴を着て、なえたる烏帽子《えぼし》をして、烏帽子の尻、いと高くて、常の人にも似ざりけり。左の手に紙をもて、右の手に筆を染めて、ものを案ずる気色なり。」(『十訓抄』)というものだった。この筆と紙を持って歌を思案している絵は、藤原信実の描いた佐竹本「三十六歌仙」の画像にも継承されており、いわば人麿像の原典ともいえるものである。筆を持っているのは、歌聖(第一人者)の象徴なのかもしれない。

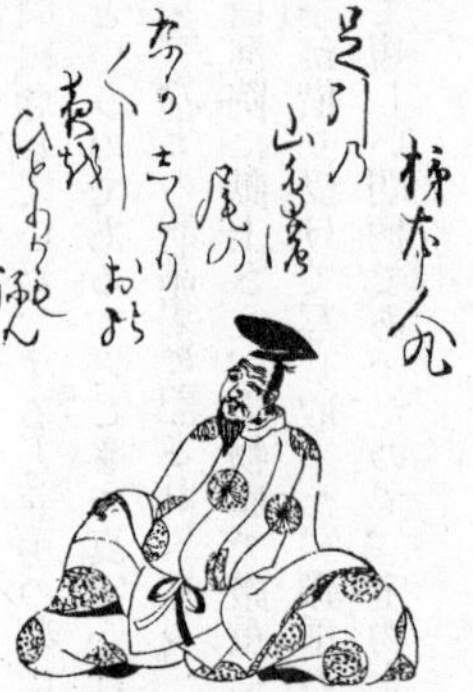

また顕季の写した人麿の絵には、「ほのぼのと」の歌が色紙に書かれて貼られていた。要するに六条家では、「ほのぼのと」を人麿の代表歌として重んじていたのである。それに対して御子《みこ》左家《ひだりけ》歌道の藤原俊成(一一一四~一二〇四)は、おそらく六条家と同じ歌や絵を使いたくなかったのだろう。そこで

『俊成三十六人歌合』では「ほのぼのと」歌を落とし、その代わりに「あしびきの」歌を撰《えら》び入れている。

こうして御子左家は、六条家との差違《さい》を明確にする意図もあって、人麿の代表歌を「ほのぼのと」からあえて「あしびきの」歌に変更したのである。それを受けて「百人一首」も「あしびきの」歌なのではないだろうか。

それは歌仙絵も連動している。残念なことに、「百人一首」の古い歌仙絵は存在しない。そこで近世の素庵《そあん》（角倉《すみのくら》素庵）本（「百人一首」絵入版本）を見ると、構図は六条家に近いものの、大切な小道具である筆と紙を持っておらず、手を膝に置いた（衣服に隠した）人麿画像になっていた。これは「業兼本三十六歌仙」や「時代不同歌合絵」に見られるものであるが、この筆を持たない構図こそは、後の「百人一首絵」の主流になっている。それが偶然なのか意図的なのかわからないが、歌も画像も六条家の絵（人丸影供）を踏襲《とうしゅう》していないことに注目したい。

2 紀《きの》貫之《つらゆき》（右1）

生年未詳。八七二年頃～天慶《てんぎょう》八年（九四五年）。紀望行《きのもちゆき》の息。佐竹本の「紀文幹《ふみもと》の子」は根拠がない。紀友則《きのとものり》の従兄弟《いとこ》。『古今集』撰者《せんじゃ》の一人（平安時代最大の歌人）。仮名序を書く。また『土佐日記』の作者であり、『貫之集』に約八百首の歌を残している（屏風歌《びょうぶうた》が多い）。藤原《ふじわらの》公任《きんとう》の『三十六人撰』によって、人丸と並ぶ大歌人と評価された。『後撰集《ごせんしゅう》』の撰者（梨壺《なしつぼ》の五人）の一人である紀時文《ときぶみ》は貫之の息である。『古今集』の百二首、『後撰集』の八十一首、『拾遺集』の百七首は各々第一位の採歌数である。勅撰集の総数は四百五十二首で、藤原定家に次《つ》ぐ第二位。これを見れば、公任が貫之を第一の歌人だというのもわかる気がする。

19 a さくらちる木《き》の下風《したかぜ》はさむからでそらにしられぬ雪《ゆき》ぞふりける　（公）

〈出典〉拾遺集六四・巻一「亭子院歌合に　貫之」　拾遺抄四二・巻一「題不知　読人不知」　和漢朗詠集一三一「春」

〈現代語訳〉桜が散る木の下を吹く風は寒くはないが、天のあずかり知らぬ雪（桜のはなびら）が降っていることよ。

〈鑑賞〉「亭子院歌合」は延喜十三年（九一三年）三月十三日に開催された歌合。梅の場合、枝に積もった雪を花（白梅）に見立てている。それは一日も早い春の訪れを望むからである。一方、桜では落花（散る花）を降雪に見立てている。雪を花に見立てるか、落花を雪に見立てるかの違いがある。『袋草紙』では「貫之ノ第一ノ秀歌」としている。

b むすぶ手《て》のしづくに濁《にご》る山《やま》の井《ゐ》のあかでも人《ひと》に別《わか》れぬるかな　（俊）

〈出典〉古今集四〇四・巻八「志賀の山越えにて、いし井のもとにて、ものいひける人の別れける折によめる　つらゆき」　拾遺集一二二八・巻十九「題知らず　つらゆき」

〈現代語訳〉水を掬《すく》うために結んだ手のひらから落ちる雫《しずく》で濁ってしまうほど小さな山の井戸の水（閼伽《あか》＝飽か）ではありませんが、満足しないままあなたとお別れしたことです。

〈鑑賞〉「志賀の山越え」は京都から崇福寺《すうふくじ》（志賀寺）へ行く道。

c　人《ひと》はいさ心《こころ》も知《し》らずふるさとは花《はな》ぞ昔《むかし》の香《か》に匂《にほ》ひける

〈出典〉古今集四二・巻一「初瀬《はつせ》に詣づるごとに、宿りける人の家に、ひさしく宿らで、ほどへてのちにいたれりければ、かの家のあるじ、かくさだかになむやどりはあると、言ひいだして侍《はべ》りければ、そこにたてりける梅の花を折りてよめる　つらゆき」百人一首三五

〈現代語訳〉あなたはさあどうでしょう、お気持ちもわかりませんが、故郷《ふるさと》（旧都）の奈良では梅の花が昔のままに変わらず咲き匂っています。

〈鑑賞〉従来は「ふるさと」を初瀬としていたが、旧都奈良の方が「梅」にも「ふるさと」にもふさわしい。定家はａ「さくらちる」ではなく、ｃ「人はいさ」を「百人一首」に採用している。

✿佐竹本の貫之の歌仙絵は、黒袍《くろほう》の束帯《そくたい》姿で、背後には裾《きよ》が伸びている。佐竹本の官

人は黒袍・冠束帯姿で十八人（半数）も描かれている。中でも貫之他四人は、肖像画的な静止画像になっており、これといった特徴は認められない。やや上方に目線があるように見えることから、

さくらちる木の下風はさむからでそらにしられぬ雪ぞふりける

歌の、桜散る様子を見上げているポーズとも読みとられている。ただし冠の垂纓《すいえい》が風に靡《なび》いているようには見えないので、無理をして歌意図として見る必要はあるまい。

ここで人麿と貫之の歌仙絵の向きを確認してもらいたい。なんと二人とも同じ方向を向いているではないか。歌合であれば、お互いが向き合うのが一般的だが、上下巻仕立ての佐竹本では向き合っていないものが多い。ここから歌合を意識していないと読むこともできる。というより、貫之は下巻の一番だから、人麿と同じ向きなのかもしれない。あるいはこう描くことで、貫之は決して人麿の下位にいないことを主張していると読むこともできる。

もう一つ、貫之で注目してほしいのは歌仙伝である。一見して紙質も字も異なっていることがわかる。これは原本が失われたので、狩野守信（探幽）によって江戸時代に補われたものとされている。当然、美術的価値は低くなる。

3 凡河内躬恒《おおしこうちのみつね》（左2）

生没年未詳。八〇〇年代後半に活躍。凡河内氏の系図も未詳。諶利《のぶとし》の息とも。貞観《じようがん》二年（八六〇年）から元慶《がんぎよう》三年（八七九年）まで卑官《ひかん》を歴任《れきにん》している。佐竹本の歌仙伝は狩野探幽の筆なので、その際に別人のもの（中務？）がまぎれこんだ可能性がある。『古今集』撰者《せんじや》の一人。『無名抄《むみようしよう》』二七には「貫之躬恒勝劣事」が出ている。そこで源俊頼は「躬恒をばなあなづらせ給ひそ」と述べたという。それに付け加えて子の俊恵も、「真に躬恒がこと、詠み口深く思ひ入りたる方は、また、類《たぐひ》なき者なり。」と高く評価している。勅撰集入集歌数は百九十六首。

2 a　いづくとも春《はる》のひかりはわかなくにまだみよしのの山《やま》は雪《ゆき》ふる　(後)

〈出典〉後撰集一九・巻一「同じ(延喜)御時御厨子所《みずしどころ》にさぶらひけるころ、沈めるよしを嘆きて、御覧ぜさせよとおぼしくて、ある蔵人に贈りて侍りける十二首がうち　躬恒」

〈現代語訳〉どことといって春の光は分け隔てしないのに、まだ吉野の山には雪が降っていることよ(同じように私は帝の恩恵を蒙《こうむ》ることなく(官位の昇進もなく)不遇の身で沈んでいることよ)。

〈鑑賞〉「いづくとも」歌は公任の『三十六人撰』に掲載されていない歌である。後世に佐竹本の損傷を修理した際、『俊成三十六人歌合』から選び直された可能性が高い。むしろ上畳本《あげだたみぼん》(209頁)のように、『三十六人撰』にある「我が宿の」歌の方が本来の歌と思われる。もしそうなら、すべて『三十六人撰』からの抜粋ということでうまく説明がつく。

b　我《わ》が宿《やど》の花見《はなみ》がてらに来《く》る人《ひと》は散《ち》りなむ後《のち》ぞ恋《こひ》しかるべき　(公)

〈出典〉古今集六七・巻一「桜の花の咲けりけるを見にまうで来たりける人に、よみて送りける

躬恒」　拾遺集一一二・巻十七「右大将定国家の屏風に　躬恒」　和漢朗詠集一二四「花」

〈現代語訳〉我が家に花見をかねておいでになる人は、花が散った後にはもう来てくださらないだろうから、きっと恋しく思われることでしょう。

c　住《すみ》の江《え》の松《まつ》を秋風《あきかぜ》吹《ふ》くからに声《こゑ》うちそふる沖《おき》つ白波《しらなみ》　（俊）

〈出典〉古今集三六〇・巻七「尚侍の、右大将藤原朝臣の四十賀しける時に、四季の絵かけるうしろの屏風にかきつけたりける歌　秋　そせい法師」

〈現代語訳〉住吉の松を秋風が吹くと、その松風に声を添えるような沖の白波であることよ。

d　心《こころ》あてに折《を》らばや折《を》らむ初霜《はつしも》の置《お》きまどはせる白菊《しらぎく》の花《はな》　（公）

〈出典〉古今集二七七・巻五「白菊の花をよめる　凡河内躬恒」　和漢朗詠集二三七「菊」　百人一首二九

〈現代語訳〉それと見定めて折るなら折ることができるだろうか。初霜が置いたために、見分けがつきにくくなっている白菊の花を。

〈鑑賞〉菊は中国から到来したもので、『万葉集』には詠まれていないが、『古今集』には十三首詠まれている。「折らばや折らむ」は珍しい表現。定家はb「我が宿の」ではなく「心あてに」を「百人一首」に撰入している。

✽躬恒の歌仙絵も、黒袍の束帯姿に描かれている。右膝を立て、左手に持つ笏《しゃく》は下方に向いているポーズになっている。背後の裾との対応からすると、体を右側にひねっており、この姿勢は独特のものであろう。

ただし佐竹本の躬恒の歌仙伝・歌仙絵は、狩野探幽（守信）によって復元されたものとされており、どこまで原画の面影を留《とど》めているのかはわからない。というのも上畳本の躬恒とかなり相違しているからである。あるいは本来は和歌の選択を含めて、上畳本のような武官姿の歌仙絵だったのかもしれない（有吉保《ありよしたもつ》氏「選歌からみた三十六歌仙攷《こう》―業兼本は再吟味が必要か―」新修日本絵巻物全集月報23・昭和54年3月）。

いずれにしても地下《じげ》の躬恒に束帯はふさわしくあるまい。別の見方として、探幽は藤原仲文の立膝姿（170頁）を躬恒に応用した可能性もある。なるほど構図はよく似ている。

4 伊《い》勢《せ》（右2）

藤原継蔭《ふじわらのつぐかげ》の娘。父が伊勢守だったことから伊勢と呼ばれた。貞観十四年（八七二年）頃〜天慶元年（九三八年）頃。宇多天皇《うだてんのう》の中宮温子《おんし》（基経の娘）に仕えた女房。その間、藤原仲平《ふじわらのなかひら》・時平・宇多天皇・敦慶親王《あつよししんのう》など複数の男性に愛される。親王との間には歌人の中務《なかつかさ》が誕生している。『古今集』所収歌二十二首は小町の十八首を抜いて女性トップ（全体でも七番目に多い）。『後撰集』の七十首、『拾遺集』の二十二首も女性トップ。勅撰集入集歌数は百八十四首。

20 a　みはのやまいかにまち見《み》むとしふともたづぬる人《ひと》もあらじとおもへば　（公・俊）

〈出典〉古今集七八〇・巻十五「仲平の朝臣あひしりて侍りけるを、離《か》れがれになりにければ、父が大和守に侍りけるもとへまかるとて、よみてつかはしける　伊勢」

〈現代語訳〉私は三輪の山であなたをお待ちすることはいたしません。たとえ何年経《た》ってもあなたが私を訪ねてくれるはずもないので。

〈鑑賞〉藤原仲平との離別を詠じた歌。本来「三輪山」は恋人を待つ歌枕であるが、ここはそれを逆手にとっているので、決別の意味になる。

b　思《おも》ひ川《かは》絶《た》えず流《なが》るる水《みづ》の泡《あは》のうたかた人《ひと》に逢《あ》はで消《き》えめや

〈出典〉後撰集五一五・巻九「まかる所知らせず侍りける頃、又あひ知りて侍りける男のもとより、日頃たづねわびて、失せにたるとなむ思ひつると言へりければ　伊勢」

〈現代語訳〉あなたを思って絶えず泣いている私の涙は川となって流れていますが、その川に浮かぶ泡のようにはかない私は、あなたとお逢いしないまま消えることは決してありません。

c 逢《あ》ひにあひてもの思《おも》ふころの我《わ》が袖《そで》に宿《やど》る月《つき》さへ濡《ぬ》るる顔《かほ》なる （俊）

〈出典〉古今集七五六・巻十五「題知らず　伊勢」
〈現代語訳〉あれほどまで何度も逢っておきながら、あなたに捨てられて物思いにふけっている私の袖は涙で濡れていますが、その袖に映る月まで泣き顔をしていることです。

d 難波潟《なにはがた》短《みじか》き葦《あし》の節《ふし》の間《ま》もあはでこの世《よ》をすぐしてよとや

〈出典〉新古今集一〇四九・巻十一「題しらず　伊勢」百人一首一九
〈現代語訳〉難波潟に生えている葦の節の間のような短い間も逢わずにこの世を過ごせとあなたはおっしゃるのですか。
〈鑑賞〉定家はａ「みはのやま」ではなく「難波潟」を「百人一首」に採用している。この歌が「百人一首」に撰入されて有名になったことで、葦の節の間は短いと信じられるようになった。しかしそれは誤解で、葦の節の間はむしろ長い。そうなると節の間が短い状況についても考える必要がある。

✻「三十六歌仙」に女性は五人含まれている。伊勢の歌仙絵は、一般の女房が着用している唐衣《からぎぬ》・裳《も》から唐衣を取った表著《うわぎ》・裳になっている。それは伊勢が宇多天皇の更衣的存在だったからであろうか。右手を上げ、やや目線が後方上に向けられているのが特徴だが、それに合致するような歌は見当たらない。伊勢についても歌意図は認められないようだ。むしろ構図としては、娘の中務（186頁）と鏡像（左右反転）関係になっているのではないだろうか。

★歌仙の謎　親子撰入歌人

芸術的才能は遺伝するといわれている。和歌も同様であり、「百人一首」には十八組の親子が撰ばれていた。その傾向は自《おの》ずから「三十六歌仙」にも表出しているようなので、ここであらためて親子を確認しておきたい。

真っ先に登場しているのが女流歌人の、

4伊勢―36中務

である。次に見つかったのが、

8僧正遍昭―9素性法師

であるが、これは「百人一首」にもあてはまる。もともと「三十六歌仙」に法師は二人だけだが、その二人が親子だったのである。次に、

13藤原兼輔―25藤原清正

があげられる。ただし清正は勅撰集入集歌数が二十八首とやや少ない。続いて、

17源公忠―24源信明

親子が見つかった。ただし公忠は入集歌数二十一首、信明は二十二首と少なめである。

さらに、

18壬生忠岑—34壬生忠見

が浮上した。これは「百人一首」にも入っている親子歌人である。また、

20大中臣頼基—33大中臣能宣

も見つかった。ただし頼基の歌はわずか十首しか入集していない。大中臣家はこの二人以下、輔親—伊勢大輔—康資王母—郁芳門院《いくほうもんいん》安芸《あき》まで続く六人を「六代相伝」と称している。

以上、六組十二人が「三十六歌仙」の中の親子撰入歌人ということになる。他にも血のつながりは認められるが、ここでは親子関係に絞って述べた。

5　大伴家持《おおとものやかもち》（左3）

養老《ようろう》二年（七一八年）頃～延暦《えんりやく》四年（七八五年）。旅人の息。弟に書持《ふみもち》がいる。『万葉集』に四百八十首の歌（全体の一割強）があることから、撰者と目されている。官位は従三位中納言まで昇っているが、藤原氏の他氏排《たしはい》斥《せき》によって受領《ずりよう》を歴任している。特に二十九歳で越中守として現地に赴任していた五年間に、二百二十三首（約半数）もの歌を詠んでいる。没後、藤原種継《たねつぐ》暗殺事件が起こり、その関与が疑われて官位を剝奪《はくだつ》され、埋葬《まいそう》も禁じられた。延暦二十五年（八〇六年）にようやく恩赦《おんしや》となり、従三位に復した。勅撰集の入集数は六十二首と少ない。

3 a　さほしかのあさたつを《を》ののあきはぎにたまと見《み》るまでをけるしらつゆ　（公）

〈出典〉新古今集三三四・巻四「題知らず　中納言家持」万葉集一六〇二・巻八「大伴宿禰《すくね》家持秋歌三首」和漢朗詠集三四〇「秋」

〈現代語訳〉牡鹿《おじか》が立っている朝の野辺《のべ》の秋萩に、真珠のような白露が置《お》いていることよ。

〈鑑賞〉鹿と萩と露は和歌によく詠まれる取り合わせである（露は涙の喩《ゆ》でもある）。鹿を男、萩を女と見立てれば、後朝《きぬぎぬ》の別れを悲しむ女の涙になる。なお萩は『万葉集』で梅よりも多い百四十二首も詠まれている。

b　春《はる》の野《の》にあさる雉子《きぎす》の妻《つま》こひにおのがありかを人《ひと》にしれつゝ　（公）

〈出典〉拾遺集二一・巻一「題知らず　大伴家持」万葉集一四五〇・巻八「大伴宿禰家持春雉歌一首」

〈現代語訳〉春の野で餌をあさっている雉《きじ》は、妻恋しさに鳴くので、自分の居場所を人に知られていることだ。

〈鑑賞〉「雉子」は『万葉集』では「きぎし」だったが、『古今集』以降「きぎす」と読まれている。

c　まきもくの檜原《ひばら》もいまだ曇《くも》らねば小松《こまつ》が原《はら》に淡雪《あはゆき》ぞ降《ふ》る　（俊）

〈出典〉新古今集二〇・巻一「題知らず　中納言家持」　万葉集二三一八・巻十「冬雑歌」「まきむくの檜原もいまだ雲居ねば小松がうれゆ淡雪流る」

〈現代語訳〉**まきもくの檜原にはまだ雪雲がかかっていないのに、小松の生えた原には淡雪が降っていることだ**（春はもう近い）。

〈鑑賞〉『万葉集』では冬の歌だが、『新古今集』では初春の歌になっている。またこの歌は『万葉集』では作者不詳であるが、左注に「柿本朝臣人麻呂歌集」に出ているとあるので、家持の歌とするのは疑わしい。概して『家持集』には非家持歌が多い。

d　あらたしき年《とし》の始《はじ》めの初春《はつはる》の今日《けふ》降《ふ》る雪《ゆき》のいやしけよごと

〈出典〉万葉集四五四〇・巻二十「三年春正月一日於因幡国庁賜饗国郡司等之宴歌一首」「右一首守大伴宿禰家持作之」

〈現代語訳〉新年の初春の今日雪が降り積もっているが、その縁起のいい雪のように今年もいいことがたくさんありますように。

〈鑑賞〉『万葉集』最後の歌。年賀ハガキに引用されることも多い。

e　かささぎの渡《わた》せる橋《はし》に置《お》く霜《しも》の白《しろ》きを見《み》れば夜《よ》ぞ更《ふ》けにける　（俊）

〈出典〉新古今集六二〇・巻六「題知らず　中納言家持」百人一首六

〈現代語訳〉天の川に架かる鵲《かささぎ》の橋に霜が置いたように白くなっているのを見ると、随分夜が更けたようだ。

〈鑑賞〉定家は『三十六人撰』にない「かささぎの」を「百人一首」に採用している。「百人一首」に撰入されたことで、後に家持の代表歌とされることも多いが、この歌は『万葉集』にないので、家持作ではなく作者不詳の伝承歌であろう。

✻家持の歌仙絵を見ると、奈良時代にはなかった丸文の直衣《のうし》を着ており（冠直衣姿）、右手をかざすという独特の構図になっている（むしろ猿丸大夫（11）に多いポーズである）。ただし複製には丸文が認められない。これは一般的には、遠くを見る時のポー

ズ、あるいは思案顔とされている。これに合わせられている和歌は、

さほしかのあさたつをののあきはぎにたまと見るまでをけるしらつゆ

であった。これについて井並氏は、「右手を冠にかざし遠くを見やる」とその独特のポーズに注目しながら、

その目には、秋萩におかれた白露が、朝の光を浴びて宝石のごとくきらきらと輝くさまが映っているのだろうか。

（『佐竹本三十六歌仙絵と王朝の美図録』278頁、以下「図録」と略す）

と解説されている。しかし萩の白露は、遠景ではなくむしろ近景ではないだろうか。果たしてこの歌で、わざわざ家持が右手をかざす必要・意味があるのだろうか。それよりむしろ『俊成三十六人歌合』や『時代不同歌合』所収の、

まきもくのひばらもいまだ曇らぬに小松が原に淡雪ぞ降る

神なびの三室の山の葛かづら裏吹き返す秋はきにけり　（新古今集二八五番）

などの方が遠景であり、手をかざすのにふさわしいと思われる。なお「上畳本《あげだたみぼん》三十六歌仙」は、絵にしても和歌にしても佐竹本をそっくり模写している。

★歌仙の謎　『万葉集』は平安時代の歌集？

既に論じられていることだが、紀貫之は『古今集』仮名序で『万葉集』の成立について、

古よりかく伝はるうちにも、ならの御時よりぞひろまりにける。かの御世や歌の心をしろしめしたりけむ。かの御時に、正三位柿本人麿なむ歌の聖《ひじり》なりける。〈中略〉これより先の歌を集めてなむ、『万葉集』と名づけられたりける。

（小学館　新編日本古典文学全集『古今和歌集』25頁、以下「新編全集」と略す）

と定義している。何と貫之は、『万葉集』を奈良時代に編纂されたものではなく、平安時代初期の平城《へいぜい》天皇の御代《みよ》に編纂されたものだと述べているのだ。そのことはさらに、

かの御時よりこのかた、年は百年余り、世は十つぎになむなりにける。（25頁）

と述べているし、また真名序にも、

昔平城天子詔《みことのり》侍臣、令撰万葉集。自爾以来、時歴十代、数過百年。（428頁）

とあって、醍醐《だいご》天皇の九代前（百年前）の平城天皇の時代に成立したとしている。これなど歪曲《わいきょく》された歴史認識である。

そこには「奈良」と「平城」という言語遊戯（掛詞）が含まれているわけだが、決してたわむれで言っているわけではあるまい。これは伝承をそのまま書き記したと見ることもできなくはないが、それを含めて貫之によるレトリック（虚構の和歌史観）と読むこともできる。

そのことは貫之だけではない。『古今集』の歌の中にも、

貞観の御時、万葉集はいつばかり作れるぞと問はせ給ひければ　文屋あるすゑ
神無月《かんなづき》時雨降りおけるならの葉の名におふ宮のふるごとぞこれ（九九七番）

とある。清和《せいわ》天皇が『万葉集』はいつできたのかと下問《かもん》されたところ、文屋有季《ふんやのありすえ》は「ならの葉の名におふ宮」（平城天皇）の御代に成立したと答えているからである。これも有季が嘘をいったのではあるまい。

これについては家持が、延暦四年（七八五年）八月に陸奥国で亡くなった直後、藤原種継《たねつぐ》事件が起こり、それに家持も連座して官位を剝奪《はくだつ》されたことが関わっているようだ。その家持が恩赦《おんしゃ》を受けたのは延暦二十五年（八〇六年）であるから、ちょうどその頃に『万葉集』が世に出た（成立した、広まった）とすればうまく説明がつく（平城天皇の即位はその年）。

同様のことは『後拾遺集』の序にも、

奈良の帝は万葉集廿巻を撰びて、常のもてあそびものとしたまへり。
（岩波書店　新日本古典文学大系『後拾遺集』7頁、以下「新大系」と略す）

と出ているし、『大和物語』一五〇段・一五一段に「奈良の帝」と「柿本の人麿」の贈答歌が掲載されている。さらに一五三段には、

ならの帝、位におはしましける時、嵯峨の帝は坊におはしまして、
（新編全集387頁）

と、嵯峨《さが》天皇の前の帝《みかど》として「ならの帝」が語られているのである。

6　山辺赤人《やまべのあかひと》（右3）

生没年未詳。大宝《たいほう》元年（七〇一年）頃〜天平勝宝《てんぴょうしょうほう》二年（七五〇年）頃に宮廷で活躍した歌人。特に聖武《しょうむ》天皇期に活躍。佐竹本に「五位」とあるが、根拠は認められない。『古今集』仮名序で人麿とともに「歌聖」と称されている。『万葉集』では「山部」だが、平安時代は「山辺」表記が一般的。「山辺」表記は、万葉歌人とは別の平安歌人と見たい。勅撰集には四十六首入集。

21 a　わかのうらにしほみちくればかたを波《なみ》あしべをさしてたづなきわたる　（公・俊）

〈出典〉古今集仮名序「赤人」（古今集になし）万葉集九二四・巻六「反歌二首　山部宿禰赤人」続古今集一六三四・巻十八「神亀元年十月、紀伊国に行幸の時よめる　山辺赤人」和漢朗詠集四五一「鶴　潮満ちくらし」

〈現代語訳〉和歌の浦に潮が満ちてくると干潟がなくなるので、葦の茂っている辺りをめざして鶴が鳴きながら飛んでいくことよ。

〈鑑賞〉神亀《じんき》元年（七二四年）十月五日に行われた聖武天皇の紀伊国《きいのくに》行幸で詠まれた歌。赤人の代表歌とされているが、『古今集』以下の勅撰八代集不掲出歌なので、「百人一首」には撰入されていない。

b　明日《あす》からは若菜《わかな》摘《つ》まむとしめし野《の》に昨日《きのふ》も今日《けふ》も雪《ゆき》は降《ふ》りつつ　（公・俊）

〈出典〉新古今集一一・巻一「題知らず　山辺赤人」万葉集一四三一・巻八「山部宿禰赤人歌四首」「明日よりは春菜つまむと」和漢朗詠集三六「春　春立たば」

〈現代語訳〉 明日になったら若菜を摘もうと標《しめ》を結っておいた野に、昨日も今日もずっと雪が降り続いていることだ。

〈鑑賞〉 早春の若菜摘みの歌。『万葉集』では「明日よりは」となっている。また『赤人集』や『古今六帖』では「春立たば」とする。それだとまだ冬なのに春の到来を予感させる歌となる。

c 田子《たご》の浦《うら》に打《う》ち出《い》でてみれば白妙《しろたへ》の富士《ふじ》の高嶺《たかね》に雪《ゆき》は降《ふ》りつつ

〈出典〉 新古今集六七五・巻六「題知らず 赤人」百人一首四 万葉集三一八・巻三「反歌 山部宿禰赤人」「田子の浦ゆうち出でてみればましろにぞ富士の高嶺に雪はふりける」

〈現代語訳〉 **田子の浦に進み出てみると、霊峰富士に雪がしきりに降っていることです。**

〈鑑賞〉 定家はa「わかのうらに」ではなく「田子の浦に」を「百人一首」に採用している。「百人一首」に撰入されたことで、後世に至って赤人の代表歌にされている。訓読の相違は、平安時代好みの歌として加工されたことによる。

✲赤人の歌仙絵は、人麿同様に烏帽子を付けた直衣姿（老人）で、手に筆と紙を持っている（硯も描かれている）。また指貫《さしぬき》から素足が出ている。それに合わせられている歌は、

和歌の浦に潮満ち来れば潟《かた》をなみ葦辺をさして鶴《たづ》鳴き渡る

である。これについて井並氏は、

赤人は画面右を向き、やや上を見上げ、右手に墨の付いた筆を、左手に折紙を持つ。鶴の鳴き声を聞いた赤人が、口をかすかに開け、いまにも詠歌を書き出しそうな瞬間と見える。（図録２８３頁）

と解説しておられる。なるほどこれなら鶴が飛んでいる歌と対応している。ただこの説明だと、「和歌の浦に」歌よりももう一つの代表歌、

田子の浦にうち出でてみれば白妙の富士の高嶺に雪は降りつつ

の方がよりふさわしいのではないだろうか。少なくともこの解説は、どちらの歌にも通用できそうである。もし遠くを見ているのなら、家持のように手をかざしているポーズ（46頁）の方がふさわしいかもしれない。

別の視点から検討してみよう。本来、筆と紙を持っているのは人麿の歌仙絵の典型的ポーズだった。佐竹本はその人麿像をそのまま赤人にも再利用していることになる

（ただし筆の穂先は下向き）。これについては人麻呂像の解説に、佐竹本「山辺赤人」との姿態の類似の指摘があり、これは人麻呂と赤人を同一人物とする中世の伝説と関連して興味深い。

と、赤人との関連（同一人物説）が指摘されていた。そのことは白畑よし氏も「硯箱を前において紙筆を手にして、歌を考えている様子は、人麿像とも相通う様子である」と指摘されているが、同一人物とはあっても再利用したという見解は見られない。（図録270頁）

これは人麿と赤人が「歌聖」であることを象徴する小道具と見てはどうだろうか。

なお硯箱には桜花文が施されているので、ここに桜の歌が出ていれば歌意図となる。

★代表歌の謎　「白妙」は「富士」にかかる枕詞か

山辺赤人の「田子の浦に」歌では、三句目の「白妙の富士」という表現が問題になる。市販されている古語辞典の説明を見ると、必ずしも「富士にかかる枕詞」とは書かれていないからである。かろうじて同音の「藤」にかかるという説明なら見つかった。これについて岩波書店の古語辞典に、

［枕詞］白楮の材料である藤と同音をもつ地名「藤江」に、白楮でつくる木綿《ゆふ》と同音から「夕」にかかる。また、白いところから「雲」「波」「幣」「富士」「羽」などにかかる。

と説明されているのが参考になる。

ただし、「白いところから」「富士」にかかるという説明には賛成しかねる。たとえ真っ白な富士が印象的だとしても、真夏になると雪のない、つまり白くない富士が見られるからである。そうすると冬の白い時には枕詞になって、夏に雪が溶けて白くなくなったら枕詞としては使えない、ということになる。そんな流動的な枕詞は他に聞いたことがない。

そこでもう一つ、「藤」と同音だから「富士」にもかかるという説明が浮上する。「藤・葛」の木の皮は衣服の原料（繊維）になるところから、「白楮の」が「藤」にかかり、さらに「藤江」という地名にかかるというわけである。また「木綿《ゆふ》」と同音の「夕」にもかかるのであれば、「藤」と同音の「富士」にかかってもおかしくあるまい。

ただし「富士」は「ふじ」だが、「藤」は「ふぢ」と仮名遣いが微妙に異なる。これに関して賀茂真淵《かものまぶち》は、「葛《ふぢ》にかける枕詞はあるが、富士では仮名違い」といって反駁《はんばく》している（『うひまなび』）。そこで「富士」ではなく「高嶺《たかね》」（山）にかかるだの、「雪」にかかるだのと説明しているものもある。「雪」ならかかり方としてまったく問題ないが、ちょっと離れすぎているのではないだろうか。

苦し紛れに万葉仮名にまで遡《さかのぼ》ったところ、富士は「布士」（三一七・三二一番）・「布仕」（二六〇七番）と表記されていた。これなら「白楮の」は「布」にかかる枕詞という説明もできそうだ。はたしてこんな枕詞は可能なのだろうか。

この歌の場合、そんなに苦労して枕詞にこだわる必要はあるまい。もともと『万葉集』では、

田子の浦ゆうち出でてみればましろにぞ富士の高嶺に雪はふりける　（三一八番）

と出ていた。原歌の「真白にぞ」が『新古今集』で「白妙の」に改変されているのだか

ら、ここもストレートに「真っ白な」と解釈すべきであろう。またこの歌以外に「白妙の富士」と詠んだ古い歌が見つからないので、枕詞としては定着・熟成していないことがわかる。

それでも枕詞にこだわるのなら、「白楮の」は「藤と同音の富士にかかる枕詞」と説明するのが適切というか親切である。仮名遣いの相違にしても、「宇治」（うぢ）と「憂し」同様に許容範囲だと思われる。

こうなると、「白妙の」を単純に枕詞とすることはできそうもない。枕詞の技法をとるか、「真っ白」な風景をとるかを十分考慮した上での選択となりそうだ。もちろんどちらの解釈も間違いではない。あるいは序詞のようにこれを有心の枕詞と見て、枕詞でありながらも白を訳出する、というのはどうだろうか。

「白妙の」は、中世以降衣服の呪縛《じゅばく》（白楮）から解放され、美的な色彩として生まれ変わったのではないだろうか。なにしろ赤人歌は、「白妙の富士」という表現の初出であり、記念碑的存在なのだから。結論として「白妙」は、単なる『万葉集』の読み替えではなく、平安時代の美意識にマッチするように再解釈された歌語だとしたい。

7 在原業平《ありわらのなりひら》（左4）

天長《てんちょう》二年（八二五年）～元慶四年（八八〇年）。阿保《あぼ》親王の息。母は伊都《いと》内親王。行平の異母弟。後に臣籍降下して在原姓を賜《たま》う。従四位上近衛中将。六歌仙の一人。紀氏（有常など）との関わりが深い。『三代実録』元慶四年五月二十八日条の卒伝には「体貌閑麗《たいぼうかんれい》、放縦拘《はうじゆうかかは》らず、ほぼ才覚無きも、よく和歌を作る」と記されている。『古今集』に三十首入集しているが、その歌が『伊勢物語』の主人公昔男の歌となっているので、昔男のモデル（業平の一代記）とされている。二条后高子《たかいこ》との恋は有名。勅撰集に八十七首入集。

4 a　代《よ》の中《なか》にたえてさくらのなかりせばはるのこころはのどけからまし（世）（さかざらば）　（公）

〈出典〉古今集五三・巻一「渚院《なぎさのいん》にて桜を見てよめる　在原業平朝臣」伊勢物語八二段　和漢朗詠集一二三「春」

〈現代語訳〉いっそのことこの世の中に桜がまったくなかったとしたら、春の心はどんなにのんびりしたものだろうか（でも現実にはのどかにはいられない）。

〈鑑賞〉『伊勢物語』八二段の惟喬《これたか》親王譚《たん》が有名。『土佐日記』にも帰京章段に引用されているが、三句目が「咲かざらば」となっている。

b　月《つき》やあらぬ春《はる》や昔《むかし》の春《はる》ならぬ我《わ》が身《み》一《ひと》つはもとの身《み》にして　（俊）

〈出典〉古今集七四七・巻十五「五条の后宮の西の対にすみける人に、ほいにはあらでもの言ひわたりけるを、正月《むつき》の十日あまりになむ、ほかへかくれにける。あり所は聞きけれど、えのも言はで、又の年の春、梅の花さかりに、月のおもしろかりける夜、去年《こぞ》を恋ひてかの西の対に行きて、月のかたぶくまであばらなる板敷にふせりてよめる　在原業平朝臣」

伊勢物語四段

〈現代語訳〉月は昔の月ではないのか、春（梅）は昔の春（梅）ではないのか、私の身だけはもとのままなのに、みな変わってしまったようだ（あの人もいない）。

〈鑑賞〉「正月の十日あまり」に昔男が女の家を訪れたとすれば、月は丸くなかったはずだし、沈むのも明るくなる前だったことになる。

（俊）

c 花《はな》にあかぬ嘆《なげ》きはいつもせしかどもけふの今宵《こよひ》に似《に》る時《とき》はなし

〈出典〉新古今集一〇五・巻二「題知らず　在原業平朝臣」　伊勢物語二九段

〈現代語訳〉花の美しさに未練を残して別れる悲しさは何度も経験したが、今日の別れは取り分け悲しいことです。

〈鑑賞〉表向きは桜の散ること、あるいは賀宴が終わることを惜しんでいるが、裏では二条后高子への断ちがたい思慕が歌われている。「今宵」は「宵」ではなく「今夜」の意味。

d　ちはやふる神代《かみよ》も聞《き》かず龍田川《たつたがは》からくれなゐに水《みづ》くぐるとは

〈出典〉古今集二九四・巻五「二条の后の春宮の御息所と申しけるときに、御屏風に龍田川にもみぢ流れたる形をかけりけるを題にてよめる　なりひらの朝臣」百人一首一七

〈現代語訳〉神代にも聞いたことがありません。龍田川に真っ赤な紅葉がちりばめられ、川一面を錦織《にしきおり》にするということなど。

〈鑑賞〉「ちはやふる」は『万葉集』では「ちはやぶる」と濁るが、平安時代以降清音になっているので、業平の歌としては「ちはやふる」と清音で読んでおきたい。なお「川を真っ赤に染まった水が流れる」と訳すと、業平は高子のことを思って血の涙を流していると解することができる。

✲業平の歌仙絵は、佐竹本では冠直衣《のうし》姿に描かれているが、そのためかえってこれといった特徴のない絵になっている（大伴家持（5）との類似も指摘されている）。蔵人頭《くろうどのとう》を重視するのであれば、直衣姿になっているのも納得できる。これに合わせられている歌は、

　世の中にたえてさくらのなかりせばはるのこころはのどけからまし

である。これについて井並氏は、

冠の垂纓《すいえい》が彼の視線の方向へ大きく流れている。おそらく檜扇で暗示されるように、今ここに風が吹いているのだろう。（図録278頁）

と、思いもつかなかったことを指摘されている。なるほど垂纓が妙な位置に描かれている。それを風によって靡《なび》いていると見たのは慧眼《けいがん》であろう。

ではこの場合、風はどちらから吹いているのだろうか。この垂纓の位置だと、風は業平の後方から吹いていることになりそうだ。とすると花びらは、業平の視線の方へは散りかかってこない。どうせなら業平の眼前に散るように前方から風が吹くのがふさわしいのではないだろうか。という以上に、桜の花は風が吹かなくても自《おの》ずから散るものであるから、垂纓から風を読むという意見には賛同できかねる。

なお典型的な業平像は、「在五中将《ざいごちゅうじょう》」（在原の五男で中将）ということを表す武官姿に描かれたものである。そこで弓・胡籙《やなぐい》・緌《おいかけ》を付けることによって、武官であることが強調されている。多くは縹色《はなだいろ》（水色）の闕腋《けってき》の袍《ほう》を着用しており、それによってたとえ和歌や作者名がなくても、業平であることは容易に見分けることができる。逆に考えると、佐竹本は全体的に武官姿が少ないという特徴を有していることになる。

このように歪《ゆが》んで見える垂纓は、他に紀友則・源公忠・大中臣頼基・清原元輔・大中臣能宣・平兼盛などにも用いられているので、業平だけが風を受けているとするのは合理的ではあるまい。他の歌にも共通して風が読めるのならともかく、そうでなければ単なる描き分けのパターンとして見ておきたい。

開いている扇は業平と中務（36）だけの特徴である。仮に中務のように、開いた扇に桜の花もしくは月と梅が描かれていれば、歌意図として立派に機能したはずである。佐竹本の業平は何のために扇を広げているのだろうか。なお武官姿の多くは、右手を顔の下まで上げている構図に描かれている。

★代表歌の謎　業平の代表歌の変遷

在原業平は美男子のみならず〈六歌仙〉の一人としても有名である。業平の代表歌としては、

月やあらぬ春や昔の春ならぬ我が身ひとつはもとの身にして（古今集七四七番）

があげられる。これは『古今集』仮名序・『古今六帖』・『俊成三十六人歌合』・『民部卿《みんぶきよう》経房《つねふさ》家歌合』・『慈鎮和尚《じちんおしよう》自歌合』・『八代抄』・『時代不同歌合』など、多くの歌集に撰入《せんにゆう》されており、代表歌の資格が十分ある歌であった。

もう一首、代表歌とされているのが、

世の中に絶えて桜のなかりせば春の心はのどけからまし（古今集五三番）

である。これも『新撰和歌』・『古今六帖』・『土佐日記』・『前十五番歌合』・『和漢朗詠集』・『金玉集』・『和歌九品』に撰入されており、代表歌として撰《えら》ばれても問題なさそうである。だからこそ佐竹本に撰ばれているのであろう。

当初は「月やあらぬ」歌が代表歌であったようだが、藤原公任の頃になると「世の中に」歌の方が評価されたようだ。それが藤原俊成に至ってまた逆転して、「月やあら

ぬ」歌が再浮上している。ここまでは「月やあらぬ」歌の方がやや有利といえそうだ。ところが定家は晩年になってあえて、

　ちはやふる神代もきかず竜田川からくれなゐに水くぐるとは　（古今集二九四番）

歌を業平の代表歌として「百人一首」に入れている。この歌は『三十六人撰』にも『俊成三十六人歌合』にも撰ばれておらず、平安中後期にはたいして評価されていなかった。もっとも『古今集』・『伊勢物語』・『業平集』・『古来風体抄《こらいふうていしょう》』には三首共入っているのだが、それ以外を考えると、たとえ『八代抄』・『秀歌体大略《しゅうかのていたいりゃく》』・『五代簡要』に撰入されているとしても、明らかに劣っていることが見て取れる。定家に至って代表歌が変更されたといえそうだ。

あるいは「神代」を高子《たかいこ》（二条后）と業平との過去の恋の喩《たとえ》と考えることも可能であろうか。肝心の定家は、『伊勢物語』世界を含む在原業平に憧《あこが》れを抱いており、「恋の歌をよむには凡骨の身を捨てて、業平のふるまひけむ事を思ひいでて、我身をみな業平になしてよむ」（『京極中納言相語《そうご》』）とまで述べている。

業平の代表歌としては、『古今集』及び『伊勢物語』の両方に所収されていることが必須《ひっす》条件になる（定家は両作品を幾度となく書写している）。二条后とのかかわりも含めて、この二つの条件を「ちはやふる」歌が兼備していることも付け加えておきたい。

8　僧正遍昭《そうじょうへんじょう》（右4）

俗名は良岑宗貞《よしみねのむねさだ》。弘仁《こうにん》七年（八一六年）～寛平《かんぴょう》二年（八九〇年）。桓武《かんむ》天皇の孫。三十六歌仙の一人である素性の父。『文徳実録』に「宗貞は先皇の寵臣《ちょうしん》なり。先皇の崩後、哀慕已《や》むことなし。自ら仏理に帰し、以て報恩を求む」とあるように、嘉祥《かしょう》三年（八五〇年）の仁明《にんみょう》天皇崩御《ほうぎょ》後に三十五歳の若さで出家している。後に僧正の位に就く。「花山僧正」と称されている。六歌仙の一人。仁明天皇の皇子常康《つねやす》親王が隠棲《いんせい》された雲林院《うりんいん》での文学活動は注目される。佐竹本に「遍照」とあるが、「遍照」と書くのは六条家で、「遍昭」と書くのが御子左家と使い分けられていたとされている。勅撰集に三十五首入集。

22
a　すゐのつゆもとのしづくやよの中《なか》のおくれさきだつためしなるらん　（公・俊）

〈出典〉新古今集七五七・巻八「題知らず　僧正遍昭」和漢朗詠集七九八「無常」

〈現代語訳〉木の先端の露と根元の雫《しずく》とどちらが先に落ちるか、その早い遅いはこの世の中のはかなさを喩《たと》えているのではないだろうか。

〈鑑賞〉仁明天皇の崩御の悲しみを詠じたもの。秀歌とされているが、何故か『古今集』には撰ばれていない。

b　たらちねはかゝれとてしもうば玉《たま》の我《わ》がくろ髪《かみ》をなでずや有《あり》けむ　（公）

〈出典〉後撰集一二四一・巻十七「初めて頭おろし侍りける時、物に書きつけ侍りける」和漢朗詠集六一〇「僧　良僧正」

〈現代語訳〉母親はまさか私が出家すると思って、幼い私の黒髪を撫《な》でたのではなかっただろうに。

〈鑑賞〉出家に際して詠まれた歌。一般に「たらちね」は母に掛かる枕詞とされているが、ここはそのまま母の意味で用いられている。

c　石《いそ》の上《かみ》ふるの山辺《やまべ》の桜花《さくらばなう》植えけむ時《とき》を知《し》る人《ひと》ぞなき　（俊）

〈出典〉後撰集四九・巻二「大和の布留の山をまかるとて　僧正遍昭」

〈現代語訳〉（石上の）布留の山辺の桜は、地名のように古い（布留）ので、いつ植えたかを知っている人とていない。

〈鑑賞〉「石の上」は「ふる（布留・古）」を導く枕詞。

d　天津《あまつ》風雲《かぜくも》の通《かよ》ひ路《ぢ》吹《ふ》きとぢよ乙女《をとめ》の姿《すがた》しばしとどめむ

〈出典〉古今集八七二・巻十七「五節のまひひめを見てよめる　よしみねのむねさだ」和漢朗詠集七一八「妓女」百人一首一二

〈現代語訳〉空を吹く風よ、雲の中の通い路を吹き閉ざしておくれ。舞い終わって帰っていく美しい天女たちの姿を、もうしばらくとどめておきたいから。

〈鑑賞〉遍昭が出家する前に詠んだ歌。「雲の通ひ路」は独自表現。定家はa「するのつゆ」ではなく「天津風」を「百人一首」に採用している。

✼「三十六歌仙」に僧は二人しかいない。それが遍昭・素性親子である。遍昭の歌仙絵は、色彩豊かな袍裳《ほうも》をつけた法衣《ほうえ》の正装姿に描かれている。左手に数珠《じゅず》、右手に五《ご》鈷杵《こしょ》を持つ。やや遠くを見るような目線だが、これも歌意図とは結びつきそうもない。

9　素性法師《そせいほうし》（左5）

俗名は良岑玄利《よしみねのはるとし》。生没年未詳。九〇〇年以前に活躍。僧正遍昭の息。兄に雲林院別当由性《ゆせい》がいる。遍昭が出家した八五〇年以前に生まれたこと、また九〇五年に自ら屏風《びょうぶ》歌を書いていることから、それまで生存していたことがわかる。『大和物語』一六八段によれば、出家した父から「法師の子は法師なるぞよき」といわれて出家させられたとある。『古今集』の有力歌人で、撰者忠岑と同じく三十六首も入撰している。六歌仙時代と撰者時代をつなぐ歌人として評価されている。勅撰集に六十二首入集。

5 a　いまこむといひしばかりにながつきのありあけの月《つき》をまちいでつるかな　（公・俊）

〈出典〉古今集六九一・巻十四「題知らず　素性法師」和漢朗詠集七八九「恋」百人一首二一

〈現代語訳〉すぐに来るよ（行くよ）とあなたがおっしゃったものだから、それをあてにして毎夜待っているうちに、いつしか秋も更け、九月下旬の有明の月が出るのを待ち明かしてしまったことです（あなたは来ない）。

〈鑑賞〉素性が女の立場に立って詠んだ歌。待ち時間に関して「一夜《いちや》説」と「月来《つきごろ》説」があるが、ここは「月来説」で訳している。「ながつき」は「長月」と「長い」の掛詞。

b　みわたせば柳桜《やなぎさくら》をこきまぜてみやこぞ春《はる》のにしき成《なり》ける　（公）

〈出典〉古今集五六・巻一「花盛りに京を見遣《や》りてよめる　そせい法し」和漢朗詠集六三〇「眺望」

〈現代語訳〉見渡してみると、柳の緑と桜の花が混ざり合って、都は春の錦（織物）のように美しいことよ。

〈鑑賞〉「秋の錦」（紅葉）ならぬ「春の錦」が斬新《ざんしん》である。

c 音《おと》にのみきくの白露《しらつゆ》夜《よる》はおきて昼《ひる》は思《おも》ひにあへずけぬべし　（俊）

〈出典〉古今集四七〇・巻十一「題しらず　素性法師」

〈現代語訳〉あなたのことを噂に聞くばかりで何も知らない私は、夜は一睡もせず、昼は菊に置いた白露が陽に当たって消えるように、まさに耐え切れずに消え入らんばかりである。

〈鑑賞〉「きく」に「聞く」と「菊」を掛け、「おきて」に「起きて」と「置きて」を掛けている。

d 我《われ》のみやあはれと思《おも》はむひぐらし（きりぎりす）の鳴《な》く夕《ゆふ》かげの大和撫子《やまとなでしこ》　（俊）

〈出典〉古今集二四四・巻四「寛平御時后宮歌合の歌　素性法師」

〈現代語訳〉私だけが可憐《かれん》だと思っているのだろうか。ひぐらし（こおろぎ）が鳴く夕日に照らされて咲いている大和撫子の花を。

〈鑑賞〉蜩《ひぐらし》もきりぎりす（蟋蟀）も共に夏から秋の風物だが、「きりぎりす」の方が一般的。

✲佐竹本の素性法師は、青鈍《あおにび》色の僧服姿に描かれている。右手に閉じた扇を持っている。遍昭（8）と比較すると、左右が反転しているだけで、かなり似ていることに気づく。同じ僧形の父と描き分けようとすれば、遍昭は僧正という高い身分なので、衣装による描き分けは容易だったのではないだろうか。やや目線を上方に向けているように見え、それは月を見ているポーズとされているが、それならb「みわたせば」にも当てはまるので、特定の歌と呼応するような特徴とは認めがたい。

★代表歌の謎　「長月の有明の月」表現

意外かもしれないが、素性の歌の「長月の有明の月」は勅撰集では初出の表現だった。もっともこの表現は、既に『万葉集』に二例用いられているので、必ずしも素性が考案したものではなかったことになる。その二例とは、

白露を玉になしたる九月の有明の月夜見れど飽かぬかも　(二二三三番)

九月の有明の月夜ありつつも君が来まさば我恋めやも　(二三〇四番)

である。二首目の「有明の」は、同音の「ありつつ」を導く序詞となっている。

この「有明の月」というのは、月の後半（十六日以降）に出る月のことを指している。特に男が女の許《もと》から帰る暁の空に照っていることで、多く「後朝《きぬぎぬ》の別れ」に用いられている。そのことは三省堂『全訳読解古語辞典（五版）』の「明け方の月は「有明の月」」項に、

和歌では「長月の有明の月」とつづける形があり、晩秋がもっとも風情あるものとされていた。また、物語などでは、季節を問わず「有明の別れ」の場面において有明の月が微妙な陰影を与えている。

とあることからも納得できる。物語における「有明の別れ」（後朝の別れ）場面で、有明の月が微妙な陰影を与えているとあるのはまさにその通りである。

問題はそれが暗い夜空の月なのか、それとも夜が明けても空に残っている月なのかである。月の光が鮮明かつ印象的なのは、もちろん暗い空の方なので、むしろ暁の暗い時間帯と限定すべきではないだろうか。

もう一つ、「有明の月」は月の前半の夜空には照っていない。実際にこれが使えるのは後半だけという変則的な用語である。後半というだけなら、季節に関わりなく何月であろうと歌に使われていいはずである。ところが九月以外の用例は皆無に近いのだ。

もちろん「有明の月」の情趣が秋にふさわしいのは事実である。それなら七月・八月の「有明の月」が詠まれてもおかしくあるまい。しかしながらやはり七月・八月の例はなく、九月限定なのである。これには何か理由があるのだろうか。そう考えた時、

秋深み恋する人の明《あか》しかね夜を長月といふにやあるらん　（拾遺集五一三番）

歌が目に飛び込んできた。これを見ると、どうやら「長月」は単なる月の名称ではなく、「長い」の掛詞として機能しているようである。しかもこの歌にしても素性歌にしても、後朝ではなく独り寝をかこつ歌として詠まれている。

そうなると「長月」は、秋の夜長の掛詞となることで「有明の月」との結びつきを強

固にし、同時に待つ恋の歌に限定されたことになる。素性歌は、来ない人を「長く待った」という掛詞として、「長月」を機能させているのではないだろうか。

10 紀《きの》友則《とものり》（右5）

生年未詳。延喜五年（九〇五年）頃没。有朋《ありとも》の息。有朋の兄が望行《もちゆき》なので、貫之とは従兄弟《いとこ》同士になる。歌合で活躍し、また説話も残している。『古今集』の撰者の一人だが、奏覧前に亡くなった。八三八番の詞書《ことばがき》に「きのとものりが身まかりにける時よめる」とあって貫之と躬恒の哀傷歌が掲載されている。『古今集』の入集歌数は四十六首で第三位。勅撰集入集歌数は六十六首。

23 a 夕《ゆふ》さればさほのかはらのかはぎりにともまよはせる千鳥《ちどり》なくなり (公)

〈出典〉拾遺集二三八・巻四「題知らず　紀友則」拾遺抄一四三・巻四「題不知　貫之　冬さむみ」

〈現代語訳〉夕方になると佐保の川原に川霧が立ち込め、友とはぐれてしまった千鳥がしきりに鳴いていることだ（なんと心細いことよ）。

〈鑑賞〉当時は「川辺の千鳥」が一般的で、「浜辺の千鳥」はまだ詠まれていなかった。「友まどはせる」は友則の造語か。この歌では千鳥を聴覚的に詠じている。

b 秋風《あきかぜ》に初《はつ》かりがねぞ聞《きこ》ゆなるたが玉章《たまづさ》をかけて来《き》つらん (公)

〈出典〉古今集二〇七・巻四「是貞親王家歌合の歌　友則」新撰万葉集九一「鳴く雁がねぞひびくなる」和漢朗詠集三二四「秋」

〈現代語訳〉秋風に乗って初雁の声が聞こえてくるようだ。一体誰の手紙を運んできたのだろうか。

〈鑑賞〉『漢書』蘇武《そぶ》伝の「雁信《がんしん》」を踏まえたもの。

c　夕《ゆふ》されば蛍《ほたる》よりけに燃《も》ゆれども光見《ひかりみ》ねばや人《ひと》のつれなき　（俊）

〈出典〉古今集五六二・巻十二「寛平《くわんぴやうの》御時《おんとき》后宮《きさいのみやの》歌合《うたあはせ》の歌　紀友則」

〈現代語訳〉夕方になると、私は恋の思いに蛍よりも激しく燃えているが、蛍と違って光が見えないからだろうか、あの人はつれないことよ。

d　久方《ひさかた》の光《ひかり》のどけき春《はる》の日《ひ》にしづ心《こころ》なく花《はな》の散《ち》るらむ

〈出典〉古今集八四・巻二「桜の花の散るをよめる　きのとものり」百人一首三三

〈現代語訳〉のどかに陽が射している春の日に、どうして桜の花は落ち着いた心もなく慌ただしく散るのだろうか。

〈鑑賞〉定家はa「夕されば」ではなく「久方の」を「百人一首」に採用している。「久方の」は「光」にかかる枕詞と説明されることが多いが、「光」にかかるのはこの歌が最初である。

＊紀友則も、何の変哲もない黒袍の束帯姿になっている（身分的にはふさわしくない）。

これについて井並氏は、

体を画面左に向けながら、冠の垂纓を揺らして右に振り向く。川原から聞こえてきた千鳥の鳴き声に、顔を向けて耳を澄ませる姿であろう。優しげというべきだろうか、温厚な表情からは、彼が聴く千鳥の頼りない声色が想像される。

（図録２８４頁）

と解説されているが、それならb「秋風に初かりがね」歌でもよさそうである。

★代表歌の謎　「ひさかたの」は「光」にかかる枕詞か

従来、「ひさかたの」は「光」にかかる枕詞として済まされてきた。どの古語辞典を見ても同じように書かれている。そのためそれ以上の詮索《せんさく》は行われなかった。ところが具体的に調べてみると、すぐに用例がないことに気づく。

確かに「ひさかたの」は枕詞であり、「天・雲・空・月」等にかかる例は『万葉集』以下にたくさん見られる。ところが肝心の「光」にかかった例は、この友則歌が初出であるばかりか、それ以降もほとんど見当たらないのである。用例がなければ、「光」に掛かる枕詞とはいえまい。そのため鈴木日出男氏など、「「日の光」とあるべきところを略して、単に「光」とした。」(『百人一首』ちくま文庫)と説明している。しかしながら、「日」にかかった例もほとんど見当たらない。下って「久方の日照るかたにも冬の野はしみこそ増され色は見えずて」(賀茂保憲女《やすのりのむすめ》集一一九番)くらいしかないのだから、この説も簡単には認められそうにない。この少なさでは、むしろ「光」にかかる枕詞としない方が妥当であろう。

たとえば上坂信男氏は、「ここでは「久かた」すなわち「空」の意味で使っている。」

(『百人一首・耽美の空間』右文選書)と、「空」と訳すべきことを提唱されている。これも問題解決の一解答である。それにもかかわらず、どうして安易に「ひさかたのは「光」にかかる枕詞」という説明が幅を利かせてきたのだろうか。その原因は、おそらく「ひさかたの」歌があまりにも有名だったからではないだろうか。

友則歌を先例として、『源氏物語』でも「ひさかたの光に近き名のみしてあさゆふ霧も晴れぬ山里」(松風巻)と詠まれており、友則歌の力とそして『源氏物語』の享受史の中で、「光」にかかる枕詞として昇華していったと考えることもできなくはない。ただし『源氏物語』の「光」は「日の光」ではなく「月の光」なので、そこに用法のずれが存している。

では「ひさかたの」と「光」の関係はどう説明すればいいのだろうか。妙案は見つからないが、『古今集』には「ひさかたの昼夜わかず」(一〇〇二番)という長歌があった。先の「久方の日照る」を合わせて類推すると、単独でかかるのではなく、「光」「昼」「日」に共通している「ひ」という同音を導く枕詞、とするのがもっとも妥当だと思われる。

そのことは既に『歌ことば歌枕大辞典』に、

「日」や、「日」と同音を含むところから〈中略〉「昼」に続くもの、あるいは〈中

略〉「光」に掛かる用法などが派生した。（杉田昌彦氏執筆）

と説明されていた。同音としても用例数はたいして増えないが、それでも「光」にかかる枕詞とするよりはずっと説得力がありそうだ。

11 猿丸大夫《さるまるだいふ》（左6）

生没年未詳。伝承的な歌人で実在人物かどうかも不明。『古今集』真名序に、「大友黒主之歌。古《いにしへの》猿丸大夫の次《ついで》也」とあるのが猿丸の初出。佐竹本では天武《てんむ》天皇皇子（弓削《ゆげ》皇子）としているが、その根拠は一切認められない。なお佐竹本の位署《いしょ》・略歴等の文字には誤字脱字の多いことが指摘されている。顔に注目すると、歌仙絵ではやや異様な風貌《ふうぼう》に描かれることが多い。なお猿丸の歌は勅撰集に一首も入集していないので、何故「三十六歌仙」や「百人一首」にとられているのか説明がつかない。

6 a　おちこちのたづきもしらぬやま中《なか》におぼつかなくもよぶこどりかな（を）

（公・俊）

〈出典〉古今集二九・巻一「題知らず　読み人知らず」

〈現代語訳〉遠近の区別もつかない山中で、頼りなげに私を呼んで惑わすように鳴いている呼子鳥《よぶこどり》であることよ。

〈鑑賞〉『古今集』では「読み人知らず」になっているので、もともとは作者未詳の伝承歌ということになる。ただし『猿丸集』にあることから、公任は作者を猿丸としているのであろう。「呼子鳥」は子を呼ぶような鳴き声からの命名（掛詞）。郭公《かっこう》かとされるが未詳。古今伝授「三木三鳥《さんぼくさんちょう》」の一つ。「三木三鳥」は『古今集』にある「をがたまの木」「めどにけづり花」「かはなぐさ」と「稲《いな》おほせ鳥《どり》」「呼子鳥」「百千鳥《ももちどり》」を指す。

b　ひぐらしの鳴《な》きつるなへに日《ひ》は暮《く》れぬと思《おも》ふは山《やま》の陰《かげ》にぞありける

（公・俊）

〈出典〉古今集二〇四・巻四「題知らず　読み人知らず」

〈現代語訳〉ひぐらしが鳴いたのと同時に短い秋の日がもう暮れたと思ったのは、実は伸びてきた山の影に入ったからであった（まだ暮れていない）。

c　奥山《おくやま》に紅葉《もみぢ》踏みわけ鳴《な》く鹿《しか》の声《こゑ》聞く時《とき》ぞ秋《あき》は悲《かな》しき　（公・俊）

〈出典〉古今集二一五・巻四「是貞親王家歌合の歌　読み人知らず」百人一首五

〈現代語訳〉奥深い山に紅葉を踏み分けやって来て、鹿の鳴き声を耳にすると、秋の悲しさが身に染みて感じられます。

〈鑑賞〉どんな時に秋は悲しいと思うかの問いに答えたような歌になっている。

✼佐竹本の猿丸も、大夫の身分に似合わず黒袍の束帯姿に描かれている。それは何の変哲もないものである。また衣装ではなく顔を見ると、金色の目に隈《くま》を入れており、異様な顔（猿顔）というか表情になっている。業兼本ではさらに目と鼻が大きく描かれ、頬骨《ほおぼね》が突き出ている。それは猿丸にふさわしい猿顔を表しているのであろう。猿丸ではないが、『宇治拾遺物語《うじしゅういものがたり》』十四―八に「刑部録《ぎょうぶのろく》という庁官《ちょうかん》、鬢《びん》、鬚《ひげ》に白髪《しらが》交《まじ》りたるが、とくさの狩衣《かりぎぬ》に襖袴《あおばかま》着たるが」とあって、一般的な猿丸の歌仙絵の衣装に類似しているので、参考にあげておきたい。

★代表歌の謎　「黄葉」から「紅葉」へ

「奥山に」歌は『古今集』秋上に配列されている。普通、楓《かえで》の紅葉は秋下の歌群に配列されるはずである。そうなるとこの歌に詠まれている「紅葉」は、楓ではおかしいのではないだろうか。

それを解決するヒントが、菅原道真《すがわらのみちざね》編『新撰万葉集』にあった。というのもこの歌が漢詩に翻案されているからである。それを見ると、表記が「紅葉」ではなく「黄葉」になっているではないか。もちろん「黄葉」は漢詩では常套《じょうとう》表現である。漢詩では「葉《よう》零《れい》」あるいは「落葉」(死)を意味する「黄葉」表記が多いからだ。

それに対して和歌の「黄葉」は、楓ではなく萩の「黄葉」を指す場合が圧倒的に多い。その証拠に、『万葉集』の「もみじ」はほとんどが萩の「黄葉」であった。もちろん鹿と萩の取り合わせにしても、『万葉集』以来のものであり、決して珍妙ではない。加えて『和名抄《わみょうしょう》』という古い辞書には、萩の異名として「鹿鳴草《しかなぐさ》」と出ていることも参考になる。

こうなると、『古今集』でこの歌が秋上の萩の歌群に配列されているのも納得できる。

『古今集』の撰者は、この歌を萩の黄葉と見ていたのである。

ところが藤原定家は、この歌を萩の黄葉ではなく楓の紅葉としたかったらしい。その表れが、定家書写の伊達本『古今集』で、黄葉を紅葉と書き換えていることがあげられる。ただし部立《ぶだて》までは変えられなかった。そのかわり、定家は自ら八代集から秀歌を抜き出した『八代抄』において、この歌の部立を秋上から秋下に変更していたのである。

この歌は定家によって、萩の黄葉（秋上）から楓の紅葉（秋下）に変更・再解釈されていることになる。ここに至って、『古今集』の意図した世界とは様相を異にする、「百人一首」独自の世界が見えてきた。定家による色彩と季節の意図的な読み変え（作為）によって、猿丸歌はより一層秀歌として有名になったともいえる。

これは「三十六歌仙」の与《あずか》り知らぬ世界でのできごとであるが、「百人一首」の流行の中で、いつの間にか「三十六歌仙」も、猿丸の歌を「紅葉」で理解しているのではないだろうか。

12　小野小町《おののこまち》（右6）

生没年未詳。八二〇年頃～八七〇年頃。仁明・文徳《もんとく》朝（八三三年頃～八五八年頃）に活躍。仁明天皇の更衣小野吉子かとされている。絶世の美人また和歌の名手として有名。六歌仙の一人。『古今集』真名序に、「小野小町之歌、古衣通姫《そとほりひめ》の流也」とある（猿丸の説明と対になっている）。「衣通姫」は『日本書紀』允恭《いんぎょう》天皇条に見える美女。佐竹本に「遍昭に贈る歌」とあるが、根拠はない。晩年の零落《れいらく》説話も有名。『古今集』十八首、『後撰集』四首が確実な小町歌。

24 a いろ見《み》えでうつろふものはよの中《なか》の人《ひと》のこころのはなにぞありける　（公・俊）

〈出典〉古今集七九七・巻十五「題知らず　小野小町」古今集仮名序「小野小町」

〈現代語訳〉顔色にも表れないでいつの間にか変わるのは、この世の中の人（移り気な男）の心なのですね。

〈鑑賞〉『小町集』には「人の心かはりたるに」という詞書がある。「いろ見えで」は「いろ見えて」とする説もある。これを掛詞とすると、目に見えて「移ろふ」のが「花の色」であり、見えないで「移ろふ」のが男の心となる。なお佐竹本は心変わりした男を遍昭としている。

b わびぬれば身《み》を浮草《うきくさ》の根《ね》を絶《た》えて誘《さそ》ふ水《みづ》あらばいなんとぞ思《おも》ふ

〈出典〉古今集九三八・巻十八「文屋のやすひで、三河掾《じよう》になりて、県見《あがた》にはえいでたたじやと言ひやれりける返事によめる　小野小町」

〈現代語訳〉わび住まいをして、我が身を根の切れた浮草のように憂しと思っているので、もし誘ってくれる人がいたら一緒に都を出ようと思います。

〈鑑賞〉そのまま受け取ると、文屋康秀について行きそうだが、これは拒否の歌とされている。

c　思《おも》ひつつ寝《ぬ》ればや人《ひと》の見《み》えつらむ夢《ゆめ》と知《し》りせば覚《さ》めざらましを　（公）

〈出典〉古今集五五二・巻十二「題しらず　小野小町」

〈現代語訳〉あの人のことを思い思いして寝たから夢に見たのだろうか。夢とわかっていれば覚めないようにしたものを。

〈鑑賞〉『万葉集』に「思ひつつ寝ればかもとなぬばたまの一夜もおちず夢にし見ゆる」（三七三八番）という類歌がある。

d　花《はな》の色《いろ》は移《うつ》りにけりないたづらに我《わ》が身世《みよ》にふるながめせしまに　（公・俊）

〈出典〉古今集一一三・巻二「題知らず　小野小町」百人一首九

〈現代語訳〉桜の花はすっかり散ってしまったなあ（私の容色もすっかり衰えてしまったなあ）。むなしく物思いにふけって時を過ごしている間に。

〈鑑賞〉定家はａ「いろ見えで」ではなく「花の色は」を「百人一首」に採用している。「移る」の本義は「散る」（空間移動）だが、「移ろふ」（変色）の意味も含まれているようだ。

✻佐竹本の小町は唐衣裳《からぎぬも》を纏《まと》い、衣装と長い髪がよく見える後ろ向きに描かれている（唯一顔が見えない）。その小町に配されているのは、
いろ見えでうつろふものはよの中の人のこころのはなにぞありける
歌である。それを踏まえて井並氏は、
誰しも関心を持つ絶世の美女の容貌を、あえて観る者の想像力に委ねるという趣向は、まことに心憎い。（図録２８５頁）
と、従来から言われている絶世の美女を描くためにあえて顔を描かなかったという絵師の工夫に言及しつつ、
心中の未練を反映させた絵師の企画だろうか。いずれにせよ、人の心変わりを詠嘆する歌の情緒をひときわ深くする図様である。（図録２８５頁）
と読み解いておられる。しかしながら私には、この絵から小町の心中を読み取ることはできない。それよりむしろ小町のもう一首の代表歌、

花の色は移りにけりないたづらに我が身世にふるながめせしまにを具現させるため、あえて後ろ向きにする（顔を描かない）ことで、衰えた容色を隠している（想像させる）手法とは解釈できないだろうか。ここで私は、私の読みが正しいことを主張したいわけではない。絵を読むということは、かくも多様だといいたいだけである。

なお小町の歌仙絵は、1後ろ向き十二単姿（佐竹本）、2前向き細長《ほそなが》姿（業兼本）、3前向き十二単姿、の三種類にほぼ大別できる。「細長」というのは女童の衵《あこめ》装束である。

また小町の歌仙絵には、衣装に桜の花が描かれていることが多い。それは「花の色は」歌の歌意図と見てよさそうである。

★歌仙絵の謎　小町のバリエーション（細長の小町）

小野小町の歌仙絵を見て、何か気付いたことはないだろうか。市販の「百人一首かるた」の場合、まず大きく二つに分かれている。任天堂のかるたの歌仙絵は特殊で、佐竹本と同じく後ろ向きの小町が描かれている。それに対して大石天狗堂のかるたは、正面やや左向きの小町が描かれている。どうやらこちらの描かれ方の方が、江戸時代以来のかるたの主流のようである。

後ろ向きの小町は、佐竹本の特徴といえる。小町の最初の似絵《にせえ》は、後ろ向きに描かれたのである。その理由は、小町があまりにも美人だったので、絵師が工夫を凝《こ》らし、顔を描かないことで一層美人に見せる手法をとったとされている。つまり見る人の想像力に託されているわけである。それが任天堂のかるたに継承されていたのだ。

ところが江戸時代以降の「百人一首」の歌仙絵ではその伝統を継承せず、小町を正面から普通に描いたものがむしろ主流になっている。要するに「百人一首」では正面、「佐竹本三十六歌仙」では後ろ向きと大きく二分されるのだ。従来はそれ以上のことは話題にもならなかった。ところが小町の着ている衣装が、十二単《じゅうにひとえ》ではないことが発見されたのである。

迂闊《うかつ》なことに、私も気付いていなかった。あらためて調べてみると、もちろん普通の十二単（唐衣裳）姿に近いものもあるにはあった。しかしこれでは他の女房と区別できない。そこで衣装の柄に桜の花を描くことで、小町らしく仕立てられているものもある。それとは別に、「業兼本三十六歌仙」や古い「百人一首かるた」の中に、十二単ではない衣装に描かれているものが多数見つかった。有名な狩野探幽・土佐光起《みつおき》や住吉如慶《じょけい》の歌仙絵もそうなっている。なんと大石天狗堂のかるたも、それを踏襲していたのである。

その特徴は、袖《そで》や背面から細長いひれ状のものが何本も伸びていることである。明らかに唐衣裳とは違うので、見ればすぐにわかる。それにもかかわらず、そんな特徴があることに今まで誰も気付かなかったようで、そんな指摘（言及）は一切なかった。そこで衣装の専門家にうかがったところ、それは「細

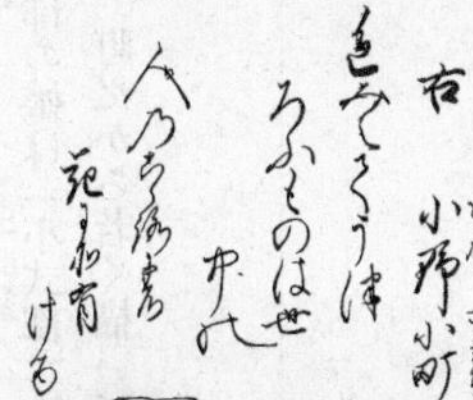

長」という衣装で、主に女童《めのわらわ》（裳着《もぎ》前の少女）が着用するもののことであった。

ここでまた疑問が生じた。「花の色は」と容色の衰《おとろ》えを詠じている小町が、何故女童の衣装を着ているのかということである。その答えは簡単には見つかりそうもない。というのもそのこと自体、小町の人生と密接にかかわっているわけではないからである。そうなると別の視点から考えるしかあるまい。

一つだけ可能性があるのが、小町という名称である。小町というのは、「町」あるいは「大町」の存在があって、その娘あるいは妹（若い）という意味を有している。『古今集』には「小町が姉」が登場しているし、和泉式部《いずみしきぶ》の娘は「小式部《こしきぶ》」と呼ばれている。もしそうなら、教養のない絵師が名前を見て、「小」町だから若く描いておこうと思って、女童の衣装にしたという説明もできそうである。

13　藤原兼輔《ふじわらのかねすけ》（左7）

元慶元年（八七七年）～承平《じょうへい》三年（九三三年）。藤原良門の孫。利基の息。母は伴氏。藤原定方の娘を妻とする。娘の桑子は醍醐天皇に入内《じゅだい》し章明《しょうめい》親王を産んでいる。鴨川堤近くに邸《やしき》があったことから「堤中納言」と称された。紫式部の曾祖父。藤原定方の従兄弟《いとこ》。定方とともに地下《じげ》歌人のパトロンとなり、醍醐朝の文化サロンを形成させた。子の清正も三十六歌仙の一人。勅撰集入集歌数は五十七首。

7 a 人《ひと》のおやのこころはやみにあらねどもこをおもふみちにまよひぬ《ど》るかな　（公）

〈出典〉後撰集一一〇二・巻十五「太政大臣の、左大将にてすまひのかへりあるじし侍りける日、中将にてまかりて、ことをはりてこれかれまかりあかれけるに、やむごとなき人二三人ばかりとどめて、まらうどあるじさけあまたたびののち、ゑひにのりてこどものうへなど申しけるついでに　兼輔朝臣」　大和物語四五段

〈現代語訳〉親の心は決して闇などではないのに、子供のこととなると分別をなくして、闇路を迷っているばかりです。

〈鑑賞〉『大和物語』では、醍醐天皇に入内した娘桑子の身を案じて帝《みかど》に奉った歌になっている。兼輔の曾孫にあたる紫式部はこの歌を『源氏物語』に二十六回も引用している。

b 短《みじ》か夜《よ》の更《ふ》けゆくままに高砂《たかさご》の峰《みね》の松風《まつかぜ》吹《ふ》くかとぞ聞《き》く　（俊）

〈出典〉後撰集一六七・巻四「夏夜深養父が琴ひくを聞きて　藤原兼輔朝臣」

〈現代語訳〉夏の短か夜が更けてゆくにつれ、あなたの弾く琴の音は風が峰の松を

〈鑑賞〉吹いている音かと聞こえることよ。

「深養父《ふかやぶ》」は清原元輔（28）の祖父。琴の音を松風に喩えるのは中国文学からの影響（斎宮女御（19）の「琴の音に」歌も同様）。「高砂の」は「峰」にかかる枕詞。歌枕の「高砂」（兵庫県）とは別。

c　みかの原《はら》わきて流《なが》るる泉川《いづみがは》いつみきとてか恋《こひ》しかるらむ　（俊）

〈出典〉新古今集九九六・巻十一「題知らず　中納言兼輔」百人一首二七

〈現代語訳〉みかの原を分けて（湧きて）流れる泉川、その泉の「いつ見」ではありませんが、いつ逢ったというのであなたのことがこんなに恋しいのでしょうか。

〈鑑賞〉この歌は『兼輔集』にないので、『古今六帖』の兼輔歌の後にある読人知らずの歌を、兼輔の歌と誤った可能性が高い。定家はa「人のおやの」ではなくc「みかの原」を「百人一首」に採用している。

✲兼輔も黒袍の束帯姿に描かれており、その点では何の変哲もない姿となっている（笏《しやく》の先端が方形になっているのは異常か）。井並氏は顔の表情から、伏し目がちで唇を曲げる表情からは、子を心配するあまり分別を失いかねない自分を抑制するような心の動きが見て取れるだろうか。（図録２７９頁）
と読み取られているが、いかがであろうか。

14　藤原《ふじわらの》朝忠《あさただ》（右7）

延喜十年（九一〇年）～康保《こうほう》三年（九六六年）。右大臣定方の五男。笙《しょう》の名手として知られている。また右近との艶聞《えんぶん》も有名。天徳内裏歌合では活躍しているが、勅撰集入集歌数は二十一首とあまり多くない。

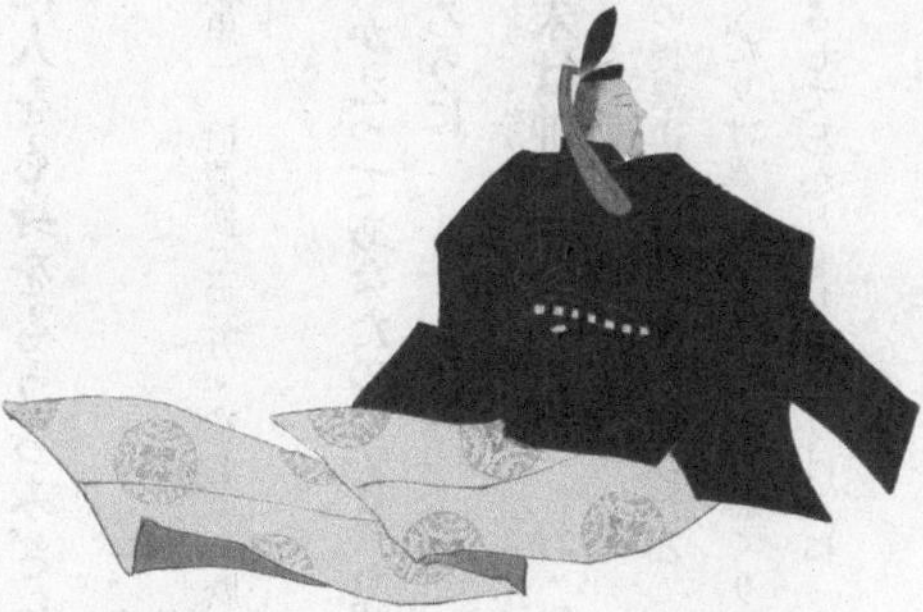

25 a あふことのたえてしなくはなかなかに人《ひと》をも身《み》をもうらみざらまし（公・俊）

〈出典〉 拾遺集六七八・巻十一「天暦御時歌合に　中納言朝忠」拾遺抄二三五・巻七「天暦御時歌合に　右衛門督朝忠」百人一首四四

〈現代語訳〉 いっそ逢うことが二度と無いのなら、かえってあなたのつらさも我が身のはかなさも、恨まないで済んだだろうに。

b 万世《よろづよ》の始《はじ》めとけふを祈《いの》りおきて今《いま》ゆく末《すゑ》は神《かみ》ぞ知《し》るらむ（かぞへむ）（公・俊）

〈出典〉 拾遺集二六三・巻五「天暦御時斎宮下り侍りける時の長奉送使《ちょうぶそうし》にてまかり帰らむとて　中納言朝忠」拾遺抄一六四・巻五「天暦御時斎宮のくだりけるに長奉送使にておくりつけ侍りてかへり侍らんとするほどに女房などさかづきさしてわかれをしみ侍りけるに　中納言朝忠」

〈現代語訳〉 万代まで続く御代《みよ》の始まりとなるように今日のよき日を祈って、これから将来のことはみんな神にお任せしよう。

〈鑑賞〉「長奉送使」は斎宮下向に従って伊勢まで供奉《ぐぶ》する勅使のこと。伊勢からの帰京に際して詠んだ歌。

c　倉橋《くらはし》の山《やま》のかひより春霞《はるがすみ》年《とし》をつみてや立《た》ち渡《わた》るらむ　（公・俊）

〈出典〉三奏本金葉集三・巻一「天徳四年内裏の歌合によめる　中納言朝忠」朝忠集

〈現代語訳〉倉橋山の谷あいから、春霞がこれから何年にもわたって立ち渡ることであろう。同じようにめでたい年が積み重なっていくであろう。

〈鑑賞〉「山のかひ」は山と山の間。「年をつみて」には五穀豊穣《ごこくほうじょう》が込められている。「積み」は「倉」の縁語、「渡る」は「橋」の縁語。

✲佐竹本の朝忠は、普通の黒袍《ほう》の束帯姿だが、後ろ向きになっているのが珍しい。そのため腰に締めた石帯《せきたい》が見えている。また裾《きょ》には丸文が施されている。後ろ向きは朝忠と興風（27）の二人だけだが、よく見ると左右を反転した構図（鏡像）になっているようである。視線はやや上向きであろうか。

15　藤原《ふじわらの》敦忠《あつただ》（左8）

延喜六年（九〇六年）～天慶六年（九四三年）。左大臣時平の三男。母は在原業平の孫・棟築《むねやな》の娘ということで、本人も恋多き貴公子。琵琶《びわ》の名手で枇杷中納言とも称された。また『大鏡』では「世にめでたき和歌の上手」と言われている。父とともに菅原道真の怨霊《おんりよう》に祟《たた》られ、三十八歳の若さで夭折《ようせつ》している。勅撰集入集歌数は三十首。佐竹本の「在原」は「藤原」の誤り。

8　a　あひ見《み》てののちのこころにくらぶればむかしはものを《（も）》おもはざりけり　（公）

〈出典〉拾遺集七一〇・巻十二「題知らず　権中納言敦忠」　拾遺抄二五七・巻七「題不知　権中納言敦忠」　百人一首四三

〈現代語訳〉あなたと契りを結んだ今の恋しさに較べると、逢う以前の物思いなど無きに等しいものでした。

b　物思《ものおも》ふと過《す》ぐる月日《つきひ》も知《し》らぬ間《ま》に今年《ことし》もけふに果《は》てぬとか聞《き》く　（後）

〈出典〉後撰集五〇六・巻八「御匣殿《みくしげどの》の別当に年を経て言ひわたり侍りけるをえ逢はずしてその年のしはすのつごもりの日つかはしける　藤原敦忠朝臣」

〈現代語訳〉物思いしていると月日が過ぎるのにも気付かないで、はや今年も今日で終わると聞いたことだ（来年こそは是非あなたと逢いたい）。

c　伊勢《いせ》の海《うみ》の千尋《ちひろ》の海《うみ》に拾《ひろ》ふとも今《いま》は何《なに》てふかひかあるべき　（後）

〈出典〉後撰集九二七・巻十三「西四条の斎宮、まだみこにものし給し時、心ざしありて、思ふ事侍りける間に、斎宮に定まりたまひにければ、その明くる朝に賢木の枝にさして、さし置かせ侍りける　敦忠の朝臣」大和物語九三段「今はかひなく思ほゆるかな」敦忠集「今は何しに」

〈現代語訳〉伊勢の海の広い浜で貝を拾ったとしても、あなたが斎宮となられた今となっては、どんな貝（甲斐）があるのでしょうか。もはや何の甲斐もありません。

d　今日《けふ》そへに暮《く》れざらめやはと思《おも》へども堪《た》えぬは人《ひと》の心《こころ》なりけり　（公）

〈出典〉後撰集八八二・巻十二「御匣殿《みくしげどの》に初めてつかはしける　あつただの朝臣」

〈現代語訳〉今日、あなたと初めて結ばれた故に、日が暮れないことはない、暮れたらまた逢えるとは思うが、それまで耐えることができない我が心であることよ。

✻敦忠の歌仙絵は、普通に直衣《のうし》姿に描かれている。そのためこれといった特徴は認められない。唯一、何かを見つめるような目線になっているが、それだけでは歌意図とは結びつきそうもない。

なお佐竹本では手をあげていないが、業兼本などでは左手を冠に付けるようにあげている。それは猿丸（11）と同じく何か思案しているポーズに見える。

16 藤原高光《ふじわらのたかみつ》（右8）

天慶二年（九三九年）頃～正暦《しょうりゃく》五年（九九四年）。右大臣師輔の息。兄に伊尹《これまさ》・兼通・兼家などがいる。また姉に村上《むらかみ》天皇中宮の安子がいる。応和《おうわ》元年（九六一年）、二十三歳で俄《にわか》に出家して多武峰《とうのみね》に隠棲《いんせい》したので多武峰少将と称される。『多武峰少将物語』のモデル。なお「如覚」は高光の法名。勅撰集入集歌数は二十三首。

26 a　かくばかりへがたく見《み》ゆるよの中《なか》に（を）うらやましくもすめる月《つき》かな　（公・俊）

〈出典〉拾遺集四三五・巻八「法師にならんと思ひたち侍りけるころ、つきを見侍りて　藤原高光」拾遺抄五〇〇・巻十「法師にならんとおもひ侍りけるころ、月を見侍りて　少将高光」和漢朗詠集七六五「述懐」

〈現代語訳〉このように過ごしにくい（住みにくい）と思える世の中なのに、月は羨《うらや》ましいほどに清らかに澄んで（住んで）いることよ。

〈鑑賞〉「すめる」は「住める」と「澄める」の掛詞。『栄花物語』ではこの歌を詠んだ後で出家している。

b　春《はる》過《す》ぎて散《ち》りはてにける（り）梅《うめ》の花《はな》ただ香《か》ばかりぞ枝《えだ》に残《のこ》れる　（公・俊）

〈出典〉拾遺集一〇六三・巻十六「比叡の山に住み侍りける頃、人の薫物《たきもの》を乞ひて侍りければ、侍りけるままに少しを梅の花のわづかに散り残りて侍る枝に付けて遣《つか》はしける　如覚法師」

〈現代語訳〉春が過ぎて梅の花も残らず散ってしまったが、ただ香だけがわずかに枝に残っていることだ（お求めの薫物は梅花香を少しだけ贈ります）。

〈鑑賞〉「香ばかり」には「かばかり」が掛けられている。

c　神無月風《かんなづきかぜ》に紅葉《もみぢ》の散《ち》る時《とき》はそこはかとなく物《もの》ぞかなしき

〈出典〉新古今集五五二・巻六「天暦御時、神無月といふことをかみにおきて、歌つかうまつりけるに　藤原高光」

〈現代語訳〉十月となって風に紅葉が散る時になると、何とはなしに悲しくてしかたがないことだ。

✽佐竹本の高光は、普通に黒袍の束帯姿に描かれている。ただし腰に刀を帯びている。帯剣は高光ただ一人である。これは高光の最終官位が右近少将だったことによるか。裾の菊唐草模様は印象的である。

17　源公忠《みなもとのきんただ》（左9）

寛平元年（八八九年）～天暦《てんりやく》二年（九四八年）。光孝《こうこう》天皇の孫。国紀の息。三十六歌仙の一人である信明の父。従兄弟《いとこ》にあたる醍醐天皇の信望が篤《あつ》かった。薫物《たきもの》（練《ねり》香《こう》）の調合の名手でもあり、『源氏物語』梅枝巻には「公忠の百歩香」が出ている。勅撰集入集歌数は二十一首。

9 a 行《ゆ》きやらでやまぢくらしつほととぎすいま一《ひと》こゑのきかまほしさに （公・俊）

〈出典〉拾遺集一〇六・巻二「北宮のもぎの屏風に　源公忠朝臣」　拾遺抄六九・巻二「きたの宮のもぎの時の屏風に　公忠朝臣」　和漢朗詠集一八四「夏」　大鏡

〈現代語訳〉山道を行きすぎることができず日を暮らしてしまいました。山道で聞いたほととぎすの鳴き声をもう一度聞きたいばっかりに。

〈鑑賞〉「北宮」は醍醐天皇皇女康子内親王。この歌は屏風《びょうぶ》歌として詠まれたもの。『大鏡』には「貫之などあまた詠みてはべりしかど、人にとりてはすぐれてののしられたうびし歌よ」と記されている。

b よろづよもなほこそ飽《あ》かね君《きみ》がため思《おも》ふ心《こころ》の限《かぎ》りなければ （公）

〈出典〉拾遺集二八三・巻五「権中納言敦忠母の賀し侍りけるに　源公忠朝臣」　拾遺抄一八〇・巻五「右大将保忠めの賀し侍りけるに　源公忠朝臣」

〈現代語訳〉たとえ万代の寿命があったとしても、それでも満足することはない。あなたのことを思う心は限りがないので。

〈鑑賞〉公忠が敦忠に代わって詠んだ歌か。

c とのもりのとものみやつこ心《こころ》あらばこの春《はる》ばかり朝清《あさきよ》めすな　（後）

〈出典〉拾遺集一〇五五・巻十六「延喜御時、南殿に散り積みて侍りける花を見て　源公忠朝臣」拾遺抄三九七・巻九「延喜御時に南殿のさくらのちりつもりて侍りけるを見て　公忠朝臣」

〈現代語訳〉主殿寮《とのも》の下役人たちよ、もし落花の風情を解する心があるのならば、この晩春の期間だけは南殿の前庭の掃除はしないでおくれ。

d 玉櫛笥《たまくしげ》ふたとせあはぬ君《きみ》が身《み》をあけながらやは見《み》むと思《おも》ひし　（公・後）

〈出典〉後撰集一一二三・巻十五「小野好古《よしふる》朝臣西の国の討手の使にまかりて二年といふ年、四位にはかならずまかりなるべかりけるを、さもあらずなりにければ、かかる事にしも指されにける事のやすからぬよしを愁へ送りて侍りける文の返事の裏に書きつけてつかはしける　源公忠朝臣」和漢朗詠集六八九「将軍　あらむと思ひし」大和物語四段

〈現代語訳〉二年も会わなかったあなたの身を、四位になれず五位の朱色の衣のま

まで見ようとは思いもしなかった。

〈鑑賞〉枕詞「玉櫛笥」から「蓋《ふた》」が導かれ、それが「二年」の掛詞となっている。「蓋」の対が「身」。「あけ」は「開け」と「朱」の掛詞。「朱」は五位の色で、四位になれなかったことを裏に示す。

✻佐竹本の公忠は、通常の黒袍の束帯姿で、これといった特徴は見られない。唯一、後ろの裾が短いのが目につく。井並氏はこれについて、視線は上を向き、冠の垂纓は画面右に流れている。山中でホトトギスをじっと待つ姿として描かれているのだろう。その固い表情はまだ鳴き声を聞いていないことを物語っている。（図録279頁）と深読みしておられる。

18　壬生忠岑《みぶのただみね》（右9）

生没年未詳。先祖未詳。九〇〇年前後に活躍。忠見の父。卑官を歴任する中、『古今集』の撰者の一人となる。身分は低くとも歌人としては一流であった。佐竹本の「定国随身」とあるのは『大和物語』一二五段によるか。子の忠見も三十六歌仙の一人。勅撰集に八十二首入集している。

27 a はるたつといふばかりにやみよしののやまもかすみてけさは見《み》ゆらん　（公・俊）

〈出典〉拾遺集一・巻一「平定文《さだふみ》が家の歌合に詠み侍りける　壬生忠岑」　拾遺抄一・巻一「平定文が家に歌合し侍りけるに　壬生忠岑」　和漢朗詠集八「春」

〈現代語訳〉立春になったと思うだけで、まだ雪に覆われているはずの吉野山も、今朝は霞んで春めいて見えるのだろうか。

b 子《ね》の日《ひ》する野辺《のべ》に小松《こまつ》のなかりせば千代《ちよ》のためにしなにを引《ひ》かまし

〈出典〉拾遺集二三・巻一「題知らず　忠岑」　拾遺抄二〇・巻一「題不知　忠岑」　和漢朗詠集三一「春」

〈現代語訳〉もし子《ね》の日の遊びをする野辺に小松がなかったら、千代の長寿にあやかる例として、いったい何を引いたらいいのだろうか。

c 有明《ありあけ》のつれなくみえし別《わかれ》よりあかつきばかりうき物《もの》はなし　（俊）

〈出典〉古今集六二五・巻十三「題知らず　みぶのただみね」百人一首三〇

〈現代語訳〉後朝《きぬぎぬ》の別れの空にかかる有明の月を見てからというもの、暁ほどつらく悲しいものはありません。

〈鑑賞〉藤原定家は『顕注密勘《けんちゅうみつかん》』で「これほどの歌ひとつよみいでたらん、この世の思ひ出に侍るべし」と絶賛している。そのためかａ「はるたつと」ではなく「有明の」を「百人一首」に採用している。

✲忠岑の歌仙絵は、武官の象徴である緌《おいかけ》を付け、黒い袍を着て笏《しゃく》を持っている姿に描かれている（弓・剣はなし）。これは六位以下の地下《じげ》の衣装とされており、佐竹本では忠岑・忠見（34）親子だけが着用している。目線はやや上になっているが、必ずしも遠くを見ているとはいえないので、歌との関連は認められそうもない。

19 斎宮女御《さいぐうにょうご》（左10）

延長《えんちょう》七年（九二九年）～寛和《かんな》元年（九八五年）。醍醐天皇皇子重明親王の娘徽子《きし》女王。八歳で斎宮となり、退下した後で村上天皇の女御となったことから斎宮女御と称される。娘の規子《きし》内親王も斎宮に卜定《ぼくじょう》されたので、娘について伊勢へ下向した。勅撰集入集歌数四十五首。

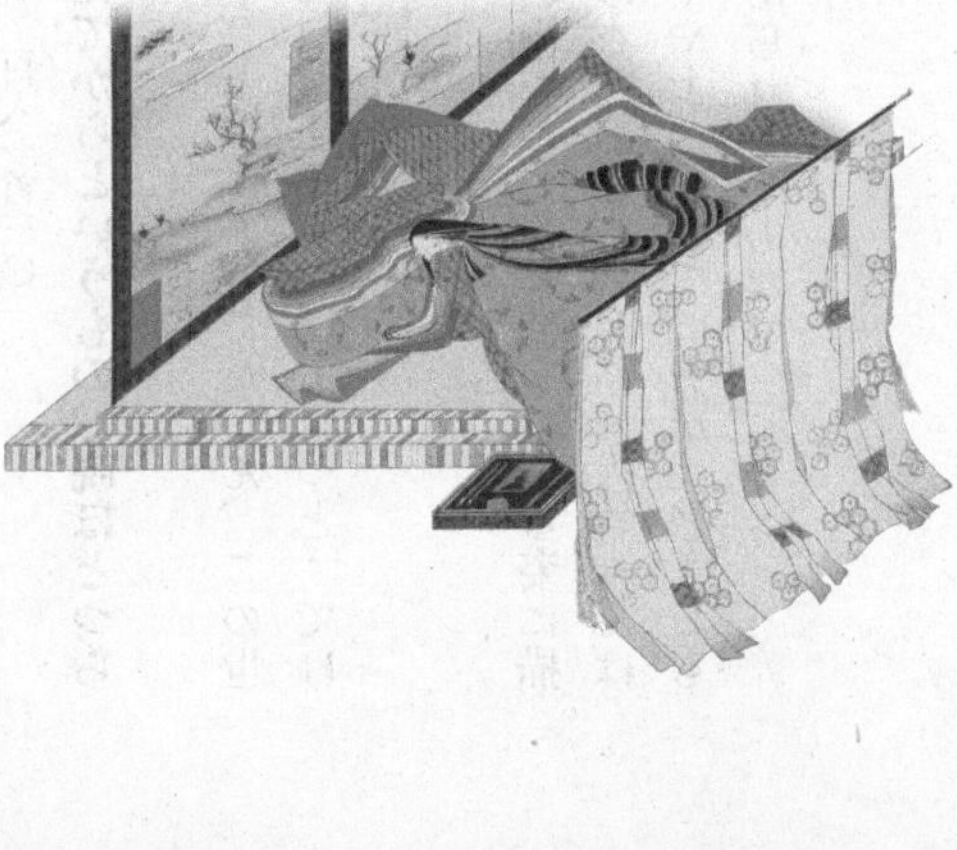

10 a ことのねにみねの松風《まつかぜ》かよふらしいづれのおより《を》しらべそめけむ　（公）

〈出典〉 拾遺集四五一・巻八「野の宮に斎宮の庚申《かうしん》し侍りけるに、松風入夜琴といふ題をよみ侍りける　斎宮女御」　拾遺抄五一四・巻十「野宮にて斎宮の庚申し侍りける時に、よるの琴松の風にいるといふことをよみ侍りける　斎宮女御」　和漢朗詠集四六九「管弦」

〈現代語訳〉 琴の音に峰の松風が通い合っているようです。これは琴のどの緒と峰のどの尾から奏《かな》で始められたのでしょうか。

b 袖《そで》にさへ秋《あき》の夕《ゆふ》べは知《し》られけり消《き》えし浅茅《あさぢ》が露《つゆ》をかけつつ　（俊）

〈出典〉 新古今集七七八・巻八「一品資子内親王にあひて昔のことども申出だしてよみ侍りける　女御徽子女王」

〈現代語訳〉 袖《そで》でだって秋の夕べのあわれは知ることができるものですね。浅茅が露のようにはかなくお亡くなりになった村上天皇を偲《しの》んで涙を流している私ですから。

〈鑑賞〉 この歌の「袖」は喪服の袖。村上天皇は康保四年（九六七年）五月崩御。

「一品資子内親王」は中宮安子の娘。佐竹本の絵は、この歌の歌意図のようである。

c　寝《ね》る夢《ゆめ》にうつつの憂《う》さも忘《わす》られて思《おも》ひなぐさむほどぞはかなき　（俊）

〈出典〉新古今集一三八四・巻十五「題知らず　女御徽子女王」

〈現代語訳〉ふとあの人のことを夢に見ました。それで現実に逢えない辛《つら》さも慰められたのですが、その束《つか》の間の時間のなんとはかないことか。

✻佐竹本の斎宮女御は、身分の高い女性（女御）ということで、豪華な袿姿《うちきすがた》に描かれている（何故か前方の空間が大きく空いている）。加えて一人だけ繧繝縁《うんげんべり》の畳が二段描かれており、さらに右側に亀甲《きっこう》文入り三幅仕立ての几帳《きちょう》、左側に紅梅と松が描かれた屏風が付けられて、画面に彩《いろどり》を添えている。また前には硯箱《すずりばこ》まで描かれている。ポーズとしては袖で口を覆っており、どう見ても「琴の音に」歌の歌意図とは読み取れない。

★歌仙絵の謎　斎宮女御のバリエーション（眠れる斎宮女御）

佐竹本の斎宮女御の絵を見ていただきたい。佐竹本の中で、最もカラフルかつ豪華に描かれているのが斎宮女御である。繧繝縁畳というのは、原則天皇・皇族が座《すわ》るものである。斎宮女御は村上天皇の女御なので、繧繝縁に座る資格があるのだ。ちなみに「三十六歌仙」には天皇も親王（内親王）も大臣も撰《えら》ばれていないので、この斎宮女御がもっとも身分の高い人ということになる。

それを踏まえた上で、歌仙絵の特徴を見てみよう。顔を袖で覆《おお》っているのがわかるだろうか。これは涙を拭《ぬぐ》っているポーズと考えられている。ただそれでは掲載されているａ「ことのねに」歌に似つかわしくないことになる。泣いているという

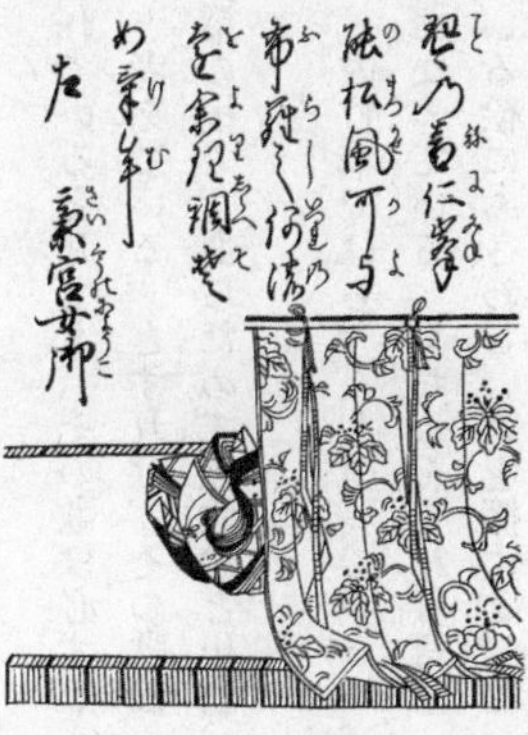

ことでは、

　袖にさへ秋の夕べは知られけり消えし浅茅が露をかけつつ

歌の方がふさわしい。これは亡き村上天皇を偲《しの》んで、涙を流している歌だったのだから
ぴったりである。

　このことから私は、たとえ歌仙絵に歌意図が含まれているとしても、その歌は必ずし
も書き込まれている歌と対応しているとは限らないと考えている。とすれば、その歌仙
絵にふさわしい歌を探す必要がある。そういった作業の後で、あらためて歌仙絵と和歌
の相関関係は見直されるべきであろう。

　ついでにバリエーションについても考えてみたい。佐竹本ではちゃんと座っているが、
それに対して業兼《なりかね》本は横になって眠っているポーズになっている。もちろんこれも斎宮
女御の歌仙絵に多いパターンであった。そこで寝ている絵にふさわしい歌を探すと、な
んと『俊成三十六人歌合』及び別作品である『時代不同歌合』に、

　寝る夢にうつつの憂さも忘られて思ひ慰むほどぞはかなき

という歌が出ていた。この歌なら、寝ている歌仙絵のポーズとぴったりである。この絵
が『時代不同歌合』から「三十六歌仙」に流用されたことで、絵と歌が別々になってい
ることは納得されるのではないだろうか。

それだけではない。流用ということでいうと、この斎宮女御の歌仙絵は、「百人一首」の持統天皇や式子内親王の歌仙絵にも流用されていた。嵯峨嵐山文華館所蔵の「百人一首」の持統天皇絵は「眠れる斎宮女御」である。もちろん持統天皇の「春過ぎて」歌と歌仙絵はまったく合致しない。それでも身分の高い人の絵のモデルとして、斎宮女御が求められたのだろう。歌仙絵と歌のかかわりについては、作品を越えての流用まで考えていかなければならないのである。

20 大中臣頼基《おおなかとみのよりもと》（右10）

仁和《にんな》二年（八八六年）頃～天徳二年（九五八年）頃。
伊勢神宮の祭主・神祇伯《じんぎはく》を歴任。輔道《すけみち》の息。能宣《よしのぶ》の父。
輔親《すけちか》の祖父。大中臣家重代歌人の祖。勅撰集に十首入集。

28 **a つくばやまいとどしげきに紅葉《もみぢ》してみち見《み》えぬまでおちやしぬらん**　（公）

〈出典〉勅撰集不掲載歌

〈現代語訳〉筑波山はたいそう木々が茂っているので、道が見えないくらいに落葉しているのではないだろうか。

b ひとふしに千代《ちよ》をこめたる（つ）杖《つゑ》なればつくともつきじ君《きみ》が齢《よはひ》は　（公・俊）

〈出典〉拾遺集二七六・巻五「同じ（中宮の）賀に竹の杖作りて侍りけるに　大中臣頼基」　拾遺抄一七四・巻五「おなじがに竹のつゑのかたをつくりて侍りけるに　大中臣頼基」

〈現代語訳〉一節ごとに千代の寿命を祈りこめた杖なので、どれだけ杖をついてもあなたの寿命が尽きることはあるまい。

〈鑑賞〉朱雀《すざく》天皇が母穏子《おんし》中宮の五十賀《ごじゆうのが》を祝った際に竹杖に添えられた歌。「ふし」「よ」は竹の縁語。「つく」は「突く」と「尽く」の掛詞。

c　子《ね》の日《ひ》する野辺《のべ》に小松《こまつ》を引《ひ》きつれて帰《かへ》る山路《やまぢ》に鶯《うぐひす》ぞ鳴《な》く　（俊）

〈出典〉玉葉集一二・巻一「朱雀院の御屏風に子日に松ひく所に鶯のなくをよみ侍りける　大中臣能宣朝臣」

〈現代語訳〉子の日に小松を引くように、たくさんの子を引き連れて帰る山路に鶯が鳴いていることだ。

〈鑑賞〉『玉葉集』では作者を「能宣」（33）としている。

✲佐竹本の頼基は、通常の黒袍の束帯姿に描かれている。ポーズとして特徴的なのは、笏を下方に向けている点であろうか。

21 藤原敏行《ふじわらのとしゆき》（左11）

生年未詳。八五〇年頃～延喜元年（九〇一年）あるいは延喜七年（九〇七年）。父は富士麿、母は紀名虎の娘。能書家。業平とは妻同士が姉妹であった。『伊勢物語』一〇七段にも登場している。藤原氏の一流歌人としては古い方である。勅撰集入集歌数は二十八首。

＊佐竹本は重之・敏行の順になっているが、一般的な敏行・重之の順に改めた。

11 a あききぬとめにはさやかに見《み》えねども風《かぜ》のおとにぞおどろかれぬる

（公・俊）

〈出典〉古今集一六九・巻四「秋立つ日よめる　藤原敏行朝臣」和漢朗詠集二〇六「秋」

〈現代語訳〉秋が来たと見た目（視覚）でははっきりわからないが、涼しい風の音（聴覚・触覚）にああもう秋だなと気付かされることだ。

〈鑑賞〉「立秋」の歌。「風の音」はこの歌の影響により、多く秋の到来に用いられている。

b 秋萩《あきはぎ》の花咲《はなさ》きにけり高砂《たかさご》の尾上《をのへ》の鹿《しか》は今《いま》や鳴《な》くらむ

（俊）

〈出典〉古今集二一八・巻四「是貞の親王の歌合によめる　藤原としゆきの朝臣」

〈現代語訳〉秋萩の花が咲いたなあ。高砂の尾上にいる鹿は、今まさに鳴いていることだろう。

〈鑑賞〉「萩」と「鹿」は『万葉集』以来歌に一緒に詠まれることが多い。

c 住《すみ》の江《え》の岸《きし》に寄《よ》る浪夜《なみよる》さへや夢《ゆめ》の通《かよ》ひ路《ぢ》人目《ひとめ》よくらむ

〈出典〉古今集五五九・巻十二「寛平の御時の后宮の歌合の歌　藤原としゆき朝臣」百人一首一八

〈現代語訳〉住の江の岸に寄る波ではありませんが、昼だけでなく夜までも、さらにその夢の中の通い路さえも、あなたは人目をさけようとなさるのでしょうか（逢いに来てくださらないのでしょうか）。

〈鑑賞〉定家はa「あききぬと」ではなく「住の江の」を「百人一首」に採用している。「夢の通ひ路」は遍昭の「雲の通ひ路」のバリエーション。「夢の直《ただ》路《ぢ》」とも詠まれている。

✲藤原敏行の歌仙絵は直衣姿に描かれている。右手に閉じた扇と横笛を重ねて持ち、やや横を向いているように描かれている。それに合わせられているのは、
あききぬとめにはさやかに見えねども風のおとにぞおどろかれぬる
という有名な歌である。これについて井並氏は、風の音で秋の到来を知るという繊細かつ鋭い感覚の歌意そのままに、座る状態からはっと驚き背を伸ばして振り向いた瞬間の敏行を描く。冠の垂纓が大きく揺れ、また左袖が足の向こうに隠れるさまが、風の音に気付いた敏行のとっさの反応を

表しており、佐竹本中もっとも瑞々しい生命感に満ちた一図といえる。(図録280頁)と説明されている。これはかつて白畑よし氏が、「顔をふと横向きにして歌の風の音を聞くような艶な情感をよく表現している」と述べておられることに近い。

一見するとなるほどと感心するが、冷静に考えると果たしてそう言い切れるだろうか。もともと秋を感じるのは、音というより風の涼しさ(触感)や気配である。だからあえて後ろを振り向く必要はあるまい(後ろには何もない)。

そもそも風の音は前方からでも聞こえてくるはずである。これは「おどろく」を「驚く」と解したことによって、聴覚を働かせたと誤解したのではないだろうか。しかしここでの意味は「はっと気がつく」であるから、正面を向いたまま冷たい風を受けても一向にかまわないはずである。

22　源《みなもとの》 重之《しげゆき》　（右11）

生年未詳。九四〇年頃～長保《ちょうほ》二年（一〇〇〇年）頃。貞元親王の孫、兼信の息（清和天皇の曾孫）。地方官を歴任して六十歳前後で没か。佐竹本にある「兼忠」は伯父《おじ》で養父。勅撰集入集歌数は六十七首。

29 a よしのやまみねのしら雪《ゆき》いつきえてけさはかすみのたちかはるらん　（公）

〈出典〉拾遺集四・巻一「冷泉院東宮におはしましける時、歌たてまつれとおほせられければ　源重之」　三奏本金葉集一・巻一「はつ春のこころをよめる　源重之」

〈現代語訳〉吉野山の峰に積もっていた白雪はいつの間にか消え、今朝は春の霞に代わっているのだろうか。

b 夏刈《なつか》りの玉江《たまえ》の葦《あし》を踏《ふ》みしだき群《む》れゐる鳥《とり》の立《た》つ空《そら》ぞなき　（俊）

〈出典〉後拾遺集二一九・巻三「題知らず　源重之」

〈現代語訳〉夏刈りの行われた玉江《たまえ》（福井県）の葦原《あしはら》では、棲《す》みかを失った鳥たちが葦の切り株を踏み惑って、空に飛び立ちかねていることよ。

c 風《かぜ》をいたみ岩《いは》うつなみのおのれのみくだけて物《もの》をおもふころかな　（公・俊）

〈出典〉詞花集二一一・巻七「冷泉院春宮と申しける時、百首歌奉りけるによめる　源重之」　百

人一首四八

〈現代語訳〉 風が激しいので、岩にあたる波が砕け散るように、あなたは平気かもしれないが、私はひどく物思いに心を砕いていることよ。

〈鑑賞〉『伊勢集』に「風吹けば岩うつなみのをのれのみくだけてものを思ふころかな」というそっくりの歌が見えている。

✲佐竹本の重之は、烏帽子《えぼし》狩衣《かりぎぬ》姿に描かれている。なお佐竹本で狩衣を着用しているのは重之と是則(29)の二人だけである。共に吉野山の歌を詠んでいるが、そのことと何か関わりがあるのかもしれない。目線が上になっているのも、吉野山の霞を見ている風情ともとれる。

23 源《みなもとの》宗于《むねゆき》朝臣《あそん》（左12）

生年未詳。天慶二年（九三九年）没。光孝天皇の孫、是忠親王の息。寛平六年（八九四年）に臣籍降下した。『古今集』撰者時代の有力歌人。佐竹本の「改性」は「改姓」の誤り。勅撰集入集歌数は十五首。

12
a　ときはなる松《まつ》のみどりも春《はる》くればいまひとしほの色《いろ》まさりけり

（公・俊）

〈出典〉古今集二四・巻一「寛平御時后宮歌合によめる　源宗于の朝臣」　和漢朗詠集四二七「松」

〈現代語訳〉常緑の松の緑も、春が来るともう一回染め汁に浸したように緑の色が濃くなることだ。

〈鑑賞〉春の訪れを寿《ことほ》ぐ歌。「一入《ひとしほ》」はいっそうの意。

b　つれもなくなりゆく人《ひと》の言《こと》の葉《は》ぞ秋《あき》よりさきの紅葉《もみぢ》なりける

（公・俊）

〈出典〉古今集七八八・巻十五「題知らず　源宗于朝臣」

〈現代語訳〉私に対してつれなくなっていくあなたの言葉は、秋になる前に早くも私に飽きて心変わりした紅葉（言葉）だったのですね。

〈鑑賞〉「紅葉」を人の心の移ろいに見立てている。男から紅葉を詠んだ歌が送られてきた返歌（女歌）と仮定すればわかりやすい。

c　山里《やまざと》は冬《ふゆ》ぞ寂《さみ》しさまさりける人目《ひとめ》も草《くさ》もかれぬと思《おも》へば　（公・俊）

〈出典〉 古今集三一五・巻六「冬の歌とてよめる　源宗于朝臣」和漢朗詠集五六四「山家」百人一首二八

〈現代語訳〉 山里は冬が格別に寂しく感じられます。人が訪ねて来なくなり、草も枯れてしまうと思うと。

〈鑑賞〉 定家はa「ときはなる」ではなく「山里は」を「百人一首」に採用している。一般的に寂しさが増すのは秋だが、ここはそれを冬に置き換えている。「かれ」は草が「枯れる」と人が「離《か》れる」の掛詞。

✻佐竹本では一般的な黒袍の束帯姿に描かれており、没個性的である。むしろ元真(30)と酷似している。宗于で気になるのは、かなり絵が摩耗《まもう》していることである。顔全体が補修の際にきれいに塗られたかのように見える。

24　源《みなもとの》信明《さねあきら》（右12）

延喜十年（九一〇年）～天禄《てんろく》元年（九七〇年）。三十六歌仙の一人である公忠の息。地方官を歴任。三十六歌仙の一人である中務と親密な関係にあったことが知られている。勅撰集入集歌数は二十二首。

30 a **こひしさはおなじこころにあらずともこよひの月《つき》をきみみざらめや**（公）

〈出典〉 拾遺集七八七・巻十三「月あかかりける夜、女の許《もと》につかはしける　源信明」　拾遺抄三六三・巻八「月あかきよをんなの許につかはしける　源信明朝臣」

〈現代語訳〉 あなたが私ほど恋しく思わないとしても、今夜照っている月を恋しく見ないということはないはずだ。

〈鑑賞〉 歌を贈った相手は中務。中務は藤原実頼の愛人でもあった。

b **あたら夜《よ》の月《つき》と花《はな》とをおなじくは心《こころ》もしれん人《ひと》に見《み》せばや**（公・俊）

〈出典〉 後撰集一〇三・巻三「月のおもしろかりける夜、花を見て　源さねあきら」

〈現代語訳〉 見逃すには惜しい今夜の月と花とを、どうせなら物の興趣を知っている人に見せたいものだ（あなたと一緒に見たい）。

c **ほのぼのと有明《ありあけ》の月《つき》の月影《つきかげ》に紅葉《もみぢ》吹《ふ》きおろす山颪《やまおろし》の風《かぜ》**（俊）

〈出典〉新古今集五九一・巻六「題知らず　源信明朝臣」

〈現代語訳〉暁の有明の月の中、山颪の風が紅葉を吹き散らしていることよ。（俊）

d　物《もの》をのみ思《おも》ひ寝覚《ねざ》めの枕《まくら》には涙《なみだ》かからぬ暁《あかつき》ぞなき

〈出典〉新古今集八一〇・巻八「公忠朝臣身まかりにけるころ、よみ侍りける　源信明朝臣」

〈現代語訳〉父の死の悲しみのあまり、夢の中でも泣いているからでしょうか、暁に目覚めた私の枕は涙で濡《ぬ》れていない日とてありません。

〈鑑賞〉「寝覚め」は途中で目が覚めるというより、眠れない状態をいうことが多い。

✻佐竹本の信明は、通常の黒袍の束帯姿に描かれている。笏を下方に向けているのが特徴であろうか。

25 藤原清正《ふじわらのきよただ》（左13）

延喜年間（九〇〇年代）頃～天徳二年（九五八年）。中納言兼輔の息だが、官位の昇進は遅かった。延長八年（九三〇年）従五位下に叙爵《じょしゃく》。その後、地方官を歴任した。朱雀《すざく》・村上朝に専門歌人として活躍。勅撰集入集歌数は二十八首。佐竹本の「清忠」は同音による「正」の宛字《あてじ》。

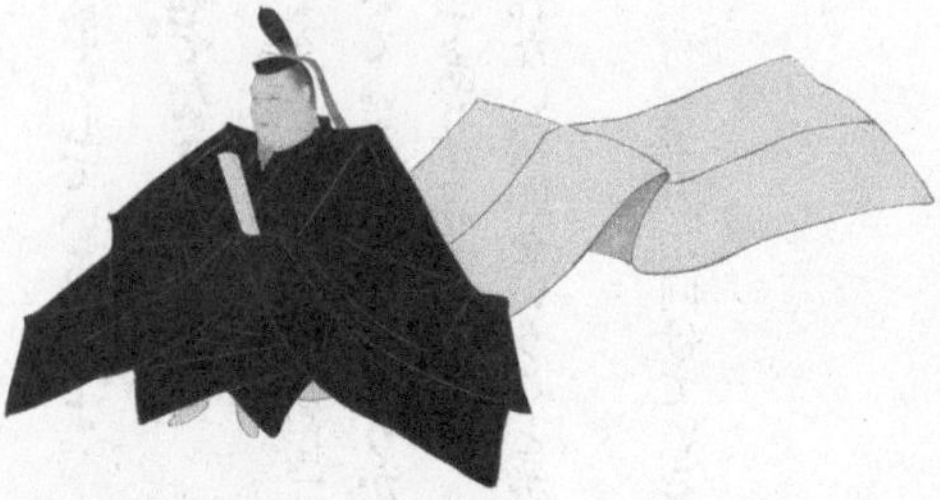

13 a ねのひしにしめつる野辺《のべ》のひめこ松《まつ》ひかでやちよのかげをまたまし　（公・俊）

〈出典〉新古今集七〇九・巻七「子日をよめる　藤原清正《きよただ》」和漢朗詠集三三「子日」

〈現代語訳〉子《ね》の日のお祝いのために標《しめ》を結《ゆ》っておいた姫小松だが、引き抜かないで千年後に大木に育って豊かな木陰を作るのを待とうか。

b 天《あま》つ風《かぜ》ふけひの浦《うら》にゐる鶴《たづ》のなどか雲居《くもゐ》に帰《かへ》らざるべき　（公・俊）

〈出典〉新古今集一七二三・巻十八「殿上はなれ侍りて、よみ侍りける　藤原清正」和漢朗詠集四五三「鶴」

〈現代語訳〉天つ風が吹くという名を持つ吹飯《ふけい》の浦にいる鶴が、どうして雲の上に帰らないことがありましょうか（私もいつか昇殿を許されて宮中に帰ります）。

〈鑑賞〉承平四年（九三四年）に紀伊権介として赴任した折の歌。「吹飯（深日《ふけひ》）の浦」は和泉国《いずみのくに》の歌枕。『万葉集』にも「吹飯の浜」と詠まれている。

c　むらむらの錦《にしき》とぞ見《み》る佐保山《さほやま》のははその紅葉霧立《もみぢきりた》たぬ間《ま》は　（俊）

〈出典〉勅撰集不掲載歌　和漢朗詠集三〇六「秋」

〈現代語訳〉佐保山のははその紅葉は、まだらに染まった錦と見よう。霧が立ち込めない間は。

〈鑑賞〉「佐保山」は奈良県の歌枕。「ははそ」はこならの別称。

✻佐竹本の清正は、通常の黒袍の束帯姿になっており、特徴的なものは一切認められない。

26 源順《みなもとのしたごう》（右13）

延喜十一年（九一一年）～永観《えいかん》元年（九八三年）。至《いたる》の孫。挙《こぞる》の息。和漢の才にすぐれ、『和名類聚抄』（辞書）を撰進《せんしん》している。梨壺の五人の一人として、『万葉集』の訓読と『後撰集』の編集にあたる。『伊勢物語』や『うつほ物語』の作者にも擬せられている。当時最大級の文化人。勅撰集に五十一首も入集しているが、「百人一首」には漏れている。

31 a 水《みづ》のおもにてる月《つき》なみをかぞふればこよひぞ秋《あき》のもなかなりける　(公・俊)

〈出典〉拾遺集一七一・巻三「屏風に八月十五夜にいけ有るいへにてあそびたるかた有る所に　源順」和漢朗詠集二五一「十五夜」

〈現代語訳〉月光に照らされている池の水面《みなも》の浪の数（月次《つきなみ》）を数えてみると、今夜は中秋の名月（八月十五夜）であったのだなあ。

〈鑑賞〉「秋の最中」は中秋の名月のこと。この歌から和菓子の「最中《もなか》」も命名されている。

b 春深《はるふか》み井出《ゐで》の川浪立《かはなみた》ちかへり見《み》てこそゆかめ山吹《やまぶき》の花《はな》　(俊)

〈出典〉拾遺集六八・巻一「天暦御時歌合に　源順」拾遺抄四七・巻一「天暦御時の歌合に　源順」

〈現代語訳〉春も深まって、井出の川浪が立ち返っているように、私も行く春を惜しんで美しい山吹の花を立ち返り立ち返りじっくり見ていこう。

c　名《な》をきけば昔《むかし》ながらの山《やま》なれどしぐるる秋《あき》は色《いろ》まさりけり　（俊）

〈出典〉 拾遺集一九八・巻三「西宮左大臣の屏風に、志賀の山越えに壺装束したる女ども紅葉などある所に　順」

〈現代語訳〉 **名を聞けば昔のままの長等《ながら》山であるが、時雨《しぐれ》の降る秋は、紅葉が一層色まさることであるよ。**

〈鑑賞〉「ながら」は滋賀県にある「長等山」と「ながら」（接続助詞）を掛けている。

✲源順に付けられた歌は、「水のおもに」である。この歌と歌仙絵の関連について井並氏は、

表情は上目遣いでうっとりとしており、水面の揺れる月に見入るものと思われる。（図録288頁）

とうまく説明されている。なるほど顔は下を向いており、いかにも水面に映っている満月を見ているように見えるので、これなら歌仙絵と和歌が合致している例といえそうだ。

ただしこの歌は非常に機知に富んだものであり、うっとりしているという説明には賛同できない。また仮に下を見ていることに意味があるのなら、同じく下を向いている躬恒・頼基・信明・元輔・小大君・仲文・能宣・兼盛などについても、同様の合理的説明が求められてしかるべきであろう。特に兼盛とは構図が類似しているので、兼盛にも同様の解釈が求められる。それができないのであれば、これも一つの典型的なポーズと見るべきではないだろうか（たまたま歌の意味に合っただけ）。

27　藤原《ふじわらの》興風《おきかぜ》（左14）

生没年未詳。『歌経標式《かきょうひょうしき》』の著者藤原浜成の曾孫。道成の息。宇多朝に活躍。『古今集』撰者時代の有力歌人。歌合では撰者の友則と優劣を競いあっていた。勅撰集に三十八首入集している。

14

a　たれをかもしる人《ひと》にせむたかさごの松《まつ》もむかしのともならなくに（公・俊）

〈出典〉古今集九〇九・巻十七「題知らず　藤原興風」和漢朗詠集七四〇「交友」百人一首三四

〈現代語訳〉一体誰を昔からの友達としようか。高砂の松の他に誰もいない。その松にしても、決して昔からの友ではないものを。

b　契《ちぎ》りけむ心《こころ》ぞ辛《つら》き織女《たなばた》の年《とし》にひとたび逢《あ》ふは逢《あ》ふかは（公・俊）

〈出典〉古今集一七八・巻四「同じ（寛平）御時后宮歌合の歌　藤原興風」

〈現代語訳〉一年に一度逢おうと約束した織姫の心はつれないなあ。一年に一度の逢瀬《おうせ》など逢ううちに入らないよ。

〈鑑賞〉年中行事の「七夕」を詠んだ歌。「織女」と書いてあっても「たなばた」と読む。

c　浦近《うらちか》く降《ふ》りくる雪《ゆき》は白波《しらなみ》の末《すゑ》の松山越《まつやまこ》すかとぞ見《み》る

〈出典〉古今集三二六・巻六「寛平の御時の后宮の歌合の歌　藤原興風」

〈現代語訳〉海岸近くに降ってくる雪は、古歌に歌われているように白波が末の松山を越しているのではないかと見える。

〈鑑賞〉この歌の「末の松山」は「浦近」い所に想定されている。なお「末の松山」は陸奥国（宮城県多賀城市）の歌枕。

✲佐竹本の興風は黒袍の束帯姿だが、斜め後ろ向きの構図が特徴的である（上下巻に一人ずつ計二名のみ）。そのため石帯《せきたい》が見えている。複製ではわからないが、裾には浮《ふ》線綾《せんりよう》文様がある。この構図は朝忠（14）の鏡像と見られる。井並氏はこれを、

少し見上げたその顔つきはどこか悲しげにみえる。視線の先には老齢の松が生えているのだろうか。（図録280頁）

と述べられているが、それなら七夕の歌でもよさそうである。

28　清原《きよはらの》 元輔《もとすけ》（右14）

延喜八年（九〇八年）～永祚《えいそ》二年（九九〇年）。深養父の孫。父は顕忠とも春光ともされている。清少納言の父。寛和二年（九八六年）に肥後守として赴任し、現地で没した。梨壺の五人（『後撰集』の撰者）の一人。『今昔物語集』二八―六には「物可笑《をか》しく云て人笑はするを役とする翁」とある。勅撰集入集歌数は百六首。

32

a　秋《あき》ののはぎのにしきをふるさとにしかのねながらうつしてし哉《がな》　（公）

〈出典〉続詞花集二二〇・巻五「斎宮の野宮にて人々はぎの歌よみ侍りけるに　大蔵卿匡房」　和漢朗詠集二八五「萩」

〈現代語訳〉秋の野に錦のように咲いている萩の花を、私の邸《やしき》に鹿の音と一緒に移し植えたいものだなあ。

〈鑑賞〉「ね」に「鹿の音」と「萩の根」を掛ける。勅撰集不掲出歌。『続詞花集』では作者が「大江匡房《おおえのまさふさ》」となっている。

b　音《おと》なしの河《かは》こそ(とぞ)終《つひ》にながれ出《いづ》(け)るいはで物《もの》おもふ(人)袖《そで》のなみだは　（公）

〈出典〉拾遺集七五〇・巻十二「しのびてけさうし侍りける女のもとにつかはしける　元輔」　拾遺抄三〇八・巻八「しのびてけさうし侍りける人につかはしける　もとすけ」

〈現代語訳〉音なしの川となって遂に流れ出てしまった。口に出さずに物思いをしている私の涙は。

〈鑑賞〉『拾遺集』には、「音無の川とぞつひに流れけるいはで物思ふ人の涙は」と出ており、三・五句目に異同がある。（俊）

c　契《ちぎ》りきなかたみに袖《そで》をしぼりつつ末《すゑ》の松山浪《まつやまなみ》こさじとは

〈出典〉　後拾遺集七七〇・巻十四「心変りて侍りける女に人に代りて　清原元輔」百人一首四二

〈現代語訳〉　約束したよね。互いに嬉《うれ》し涙の袖を絞っては、絶対に心変わりなどしないと。それなのにあなたは。

〈鑑賞〉　定家はa「秋のの」ではなく「契りきな」を「百人一首」に採用している。これは『古今集』東歌《あづま》「君をおきてあだし心をわが持たば末の松山浪も越えなん」を踏まえている。本歌の男の心変わりを、女の心変わりに詠みかえている。

「末の松山」は陸奥国の歌枕。この東歌には、千年前の貞観地震の際に起こった大津波の記憶が詠み込まれているとも考えられている。

✲佐竹本は一般的な黒袍の束帯姿に描かれており、これといった特徴は認められない。井並氏は、目に映る華麗な萩と、左から聞こえてくる寂しい鳴き声が、歌の心として彼のうちに結びついた瞬間ではないだろうか。（図録289頁）

と想像しておられるが、「彼の心のうち」では歌意図にはならない。

29 坂上是則《さかのうえのこれのり》（左15）

生没年未詳。九〇〇年前半に活躍。坂上田村麻呂の末裔《まつえい》。好蔭の息。延喜八年（九〇八年）から延長二年（九二四年）までの任官記録がある。『古今集』撰者時代の有力歌人。蹴鞠《けまり》の名手。『後撰集』の撰者の一人坂上望城《もちき》は息。勅撰集に四十一首入集。

15 a　みよしののやまのしら雪《ゆき》つもるらしふるさとさむくなりまさり行《ゆ》く（まさるなり）　（公・俊）

〈出典〉古今集三二五・巻六「奈良の京にまかれる時に宿れりける所にてよめる　坂上是則」和漢朗詠集三八二「雪」

〈現代語訳〉吉野山には白雪が降り積もっていることだろう。旧都奈良がこんなに寒くなったのだから。

〈鑑賞〉詞書によれば、吉野ではなく平城京で詠んだ歌。

b　影《かげ》さへに今《いま》は菊《きく》のうつろふは波《なみ》の底《そこ》にも霜《しも》や置《お》くらむ

〈出典〉新古今集六一三・巻六「同じ御時、大井川に行幸侍りける日　坂上是則」

〈現代語訳〉川面《かわも》に映る影さえ今はもう菊が移ろって見えるのは、波の底に霜が置いているからだろうか。

c　朝《あさ》ぼらけ有明《ありあけ》の月《つき》と見《み》るまでに吉野《よしの》の里《さと》に降《ふ》れる白雪《しらゆき》　（俊）

〈出典〉古今集三三二・巻六「大和国にまかれりける時に、雪の降りけるを見てよめる　坂上これ

のり」百人一首三一

〈現代語訳〉 夜がほのかに明け始めるころ、有明の月が照っているのかと思うほどに、吉野の里に降りつもっている雪のなんと白いことよ。

〈鑑賞〉 定家はa「みよしのの」ではなく「朝ぼらけ」を「百人一首」に採用している。

✲佐竹本では烏帽子・狩衣姿に描かれている。これは身分が低いからだろうか。狩衣姿は重之（22）と二人だけだが、重之との違いは指貫《さしぬき》から裸足《はだし》が出ていることである（赤人（6）も裸足か）。これは「みよしのの」歌に反応して、寒さを表出しているのかもしれない。井並氏など、

絵の是則は目を半開きにして、遠くを見るようである。和歌を踏まえると、白く染まった吉野山をぼんやりと思い浮かべている顔つきであろう。白く静かな吉野山の美しいイメージが、彼の心を満たしていることが想像される。頰《ほお》がかすかに赤く染まるのは人物表現として珍しい技法ではないが、和歌を踏まえて観ると、寒さのため赤くなっているようにも見えてくる。（図録281頁）

と想像を膨らませておられる。

★代表歌の謎「ふるさと」の変遷

古代和歌における「ふるさと」という言葉は、原則古都を意味している。その背景には、繰り返される遷都《せんと》という歴史が踏まえられていた。要するに新しい都に移ることで、それまで都だった所が途端に「ふるさと」(旧都)に変容するのである。平城京にとっては藤原京が「ふるさと」であり、平安京にとっては平城京が「ふるさと」になるという具合に。

例えば坂上郎女《いらつめ》の、

ふるさとの飛鳥はあれどあをによし奈良の飛鳥をみらくしよしも　(万葉集九九二番)

は、平城京遷都に伴って奈良に建てられた元興寺(法興寺)を歌ったものであるが、ここでは藤原京(ふるさと)の元興寺と平城京の元興寺を比較して、奈良もいいものだとしている。

また『古今集』で、

ふるさととなりにし奈良の都にも色は変らず花は咲きけり　(九〇番)

と歌われているのは、平安京遷都に伴ってのことである。『伊勢物語』初段で「奈良の京春日の里」を「ふるさと」と称しているのもそのためであった。遷都が繰り返されるたびに、「ふるさと」も移動したのである。

ところが平安京以降、長く遷都が行われなかったために、都人の記憶から遷都の体験が消え去ったことで、必然的に歌語「ふるさと」のイメージが変容していった。当初は『古今集』特有の言語遊戯として、「ふるさと」に「古い里」(古りにし里)・「年古る里」・「雪降る里」・「時雨《しぐれ》降る里」などが掛けられ、それによって「ふるさと」には荒廃した寂しい場所というイメージが付与されていった。

特に雪の名所として名高い吉野は、必然的に「ふるさと」との結びつきが強くなっている。それによって、さらに「ふるさと」の解釈が二つに分かれていった。一つはあくまで旧都にこだわって、「ふるさと」たる平城京と吉野を近接している場所と見る解釈である。『古今集』の、

ふるさとは吉野の山し近ければ一日もみ雪降らぬ日はなし　(三二一番)

がその好例である。この場合の距離は必ずしも実測ではなく、心的なものかもしれない。あるいは平城京が大和国にまで拡大されたと見ることもできる。

もう一つの解釈は、平城京と切り離して、吉野自体に「ふるさと」と呼べる場所(吉

野離宮）が付与されたことである。もはや旧都にこだわらず、かつて離宮があったところまでも、強引に「ふるさと」と称する資格が与えられたわけである。坂上是則の「み吉野の」歌など、本来は奈良で詠まれたにもかかわらず、吉野の「ふるさと」で詠まれたと解釈するものが少なくない。

さらに平安中期以降、「故郷花」「故郷恋」といった「題詠」（結題《むすびだい》）が浮上・流行することと相俟《あいま》って、「ふるさと」に対する捉《とら》え方が原義的な旧都から遠ざかり、旧来の歌枕的なイメージを超越して、心象風景としての「ふるさと」が確立していった。『新古今集』の「み吉野は山も霞みて白雪のふりにし里に春は来にけり」（一番）や、参議雅経《まさつね》の「み吉野の山の秋風小夜更けてふるさと寒く衣打つなり」歌は、前の是則歌を本歌取りしたものだが、この場合の「ふるさと」は、吉野の幻想的な風景とする解釈が一般的になっている。こうなると、もはや「ふるさと」がどこかという場所の特定は、不要・無意味になってしまう。

30 藤原元真《ふじわらのもとざね》（右15）

生没年未詳。清邦の息。母は紀名虎の娘か。承平五年（九三五年）加賀掾《じょう》から康保三年（九六六年）丹波介までの任官記録がある。天徳内裏歌合の歌人にも撰《えら》ばれている。佐竹本に「元輔弟」とあるが、「清原元真」は別人であり、元輔の弟ではない。勅撰集に二十八首入集。

33 a としごとのはるのわかれをあはれとも人《ひと》におくるる人《ひと》ぞしるらん　（公）

〈出典〉勅撰集不掲載歌。和漢朗詠集六三九「餞別　清原元真」

〈現代語訳〉毎年春には、地方に赴任する人を送って悲しい別れをするが、都に残る（赴任できない）自分の身を思うと、一層悲しみが増すことだ。

〈鑑賞〉「春の別れ」とは、毎年春に行われる県召《あがため》しの除目《じもく》で地方官に任命されて下向する人との別れ。『和漢朗詠集』では作者を清原元真としている。

b 夏草《なつくさ》はしげりにけりな玉鉾《たまぼこ》の道行人《みちゆくひと》も結《むす》ぶばかりに

〈出典〉新古今集一八八・巻三「題知らず　藤原元真」

〈現代語訳〉夏草はすっかり生い茂ったことだ。道を行く人が旅の安全を祈願して結ぶことができるほどに。

〈鑑賞〉「玉鉾の」は「道」を導く枕詞。

c 咲《さ》きにけり我《わ》が山里《やまざと》の卯《う》の花《はな》は垣根《かきね》に消《き》えぬ雪《ゆき》と見《み》るまで　（俊）

〈出典〉勅撰集不掲載歌　元真集
〈現代語訳〉私の住んでいる山里では白い卯の花が満開に咲いている。それはまるで垣根に積もって消え残った雪のように見える。

d　君恋《きみこ》ふとかつは消《き》えつつ経《ふ》るほどにかくても生《い》ける身《み》とや見《み》るらむ　（公）

〈出典〉後拾遺集八〇七・巻十四「天徳四年内裏歌合によめる　藤原元真」
〈現代語訳〉あなたが恋しくて私は消え入るばかりです。それでもあなたは、私は死なないで生きているとご覧になるのでしょうか。

✻元真の歌仙絵は、黒袍《ほう》の束帯姿で後ろに長い裾《きょ》が描かれている。威儀を正した姿は没個性的で、肖像画の典型といえる（宗于（23）と酷似している）。当然、そこに特定の歌との結びつきは認められない。

31 小《こ》大君《おおぎみ》（左16）

天慶三年（九四〇年）頃～寛弘《かんこう》八年（一〇一一年）頃。

父母未詳。佐竹本の「三品式部卿重明親王女」「母貞信公女」に根拠はない。大納言藤原朝光と恋愛関係にあった。

勅撰集に二十首入集。

三条《さんじょう》天皇の東宮時代に女蔵人として仕えたので「三条院女蔵人左近」「春宮女蔵人左近」と称された。「女蔵人」は蔵人の女性版。なお小大君は、かつては「こだいのきみ」と訓読されたが、最近は「こおおきみ」「こおおぎみ」とされている。

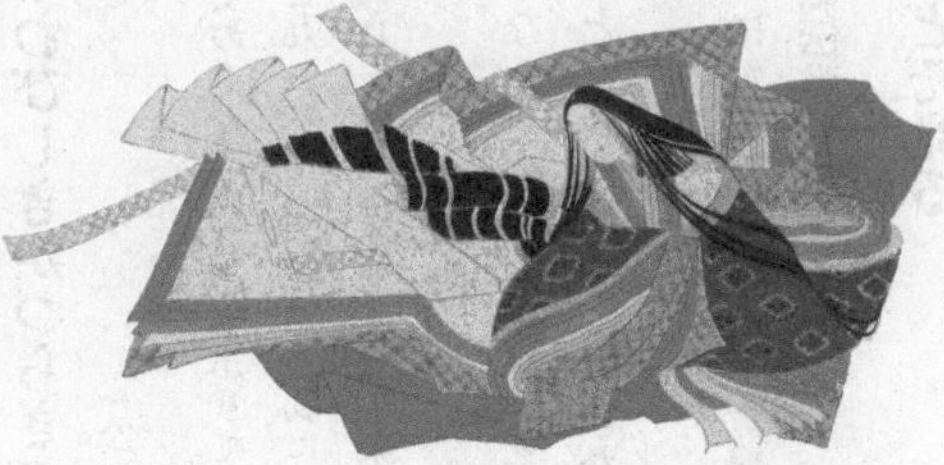

16 a　いはばしのよるのちぎりも絶《たえ》ぬべしあくるわびしきかつらぎの神《かみ》　（公・俊）

〈出典〉拾遺集一二〇一・巻十八「大納言朝光下臈に侍りける時女のもとに忍びてまかりて暁に帰らじと言ひければ　春宮女蔵人左近」　拾遺抄四六九・巻九「大納言朝光が下臈に侍りける時、女の許にしのびてまかりてあかつきにまかりかへらじといひ侍りければ　東宮女蔵人左近」

〈現代語訳〉久《く》米《め》路の岩橋の工事が中断したように、あなたとの仲も途絶えそうです。葛城《かつらぎ》の神のように醜い私の顔を見ようと、夜明けまで帰らないおつもりなら（顔を見られるのは恥ずかしい）。

〈鑑賞〉通い婚の場合、男は暁（午前三時過ぎの暗い頃）になると帰った。背景に役《えん》の行者《ぎょうじゃ》と容貌《ようぼう》の醜い葛城の神（一言主神《ひとことぬし》）の架橋伝説を踏まえている。

b　大井《おほゐ》川《かは》そま山風《やまかぜ》の寒《さむ》ければ立《た》つ岩浪《いはなみ》を雪《ゆき》かとぞ見《み》る　（寒けきに岩うつ波を）　（俊）

〈出典〉新拾遺集六六九・巻六「平兼盛が大井の家にて冬歌よみ侍りけるに　三条院女蔵人左近」

〈現代語訳〉大井川に杣《そま》山から吹く風が寒いので、岩にぶつかって立つ浪のしぶきがまるで雪が降っているように見えることです。

〈鑑賞〉「そま山」は権門が所有する山林のこと。

c　七夕《たなばた》に貸《か》しつと思《おも》ひし逢《あ》ふことをその夜《よ》なき名《な》の立《た》ちにけるかな　（公）

〈出典〉千載集七八四・巻十三「文月の七日の夜、大納言朝光ものいひけるを、又の日心あるさまに人のいひ侍りければつかはしける　小大君」　三奏本金葉集一五七・巻三「題不知　小大君」

〈現代語訳〉逢うことは七夕の織女に貸したので私は逢っていないのに、七夕の夜に男と逢ったという身に覚えのない噂が立ったことです。

＊小大君の歌仙絵は、後ろ向きの小町（12）を前向きにしたもののようである。

32 藤原 仲文《ふじわらのなかふみ》（右16）

延長元年（九二三年）～正暦三年（九九二年）。興範の孫、公葛《きみかず》の息。蔵人から地方官を歴任。貞元《じょうげん》二年（九七七年）上野介《こうずけのすけ》。勅撰集入集歌数はわずか八首。

34

a　ありあけの月《つき》のひかりをまつほどにわがよのいたくふけにけるかな　（公・俊）

〈出典〉拾遺集四三六・巻八「冷泉院の東宮におはしましける時、月を待つ心の歌男どもの詠み侍りけるに　藤原仲文」拾遺抄五〇一・巻十「冷泉院の東宮におはしましける時に、月をまつ心の歌殿上のをのこどもよみ侍りける　蔵人藤原仲文」

〈現代語訳〉月の出の遅い有明の月を待っているうちに、すっかり夜も更けてしまったなあ。同時に東宮が即位してその恩恵を蒙《こうむ》るのを待っているうちに、私もすっかり老《ふ》けてしまったなあ。

〈鑑賞〉「ふけ」は「夜が更ける」と「人が老ける」の掛詞。冷泉院の東宮時代は十七年にも及ぶ。

b　思《おも》ひ知《し》る人《ひと》に見《み》せばやよもすがら我《わ》が常夏《とこなつ》に置《お》きゐたる露《つゆ》　（公・俊）

〈出典〉拾遺集八三一・巻十三「廉義公家の障子の絵に、撫子生ひたる家の心細げなるを　清原元輔」

〈現代語訳〉恋の情趣がわかる人に見せたいものです。私の庭の常夏の花に置いている露を。恋人の訪れもない私の寝床は涙でびっしょり濡れています。

〈鑑賞〉「常夏」は「撫子」の別称。「常夏」に「床」を掛ける。なお『拾遺集』では清原元輔の歌になっている。

c 流《なが》れてと頼《たの》めしことは行末《ゆくすゑ》の涙《なみだ》の上《うへ》を言《い》ふにざりける（ぞあ）　（公）

〈出典〉新後拾遺一四五一・巻「たのめたる女の身まかりにければ、はらからのもとによみてつかはしける　藤原仲文」

〈現代語訳〉月日が流れて後々までもと契ったのは、将来、悲しみの涙が川のように流れることだったのですね。

✻佐竹本の仲文は、平凡な黒袍の束帯姿に描かれている。ただし右膝《ひざ》を立てて俯《うつむ》いているポーズは特徴的である。膝の上にある右手もうまく描かれている。あるいは立ち上がろうとしているのか。

33　大中臣《おおなかとみの》能宣《よしのぶ》（左17）

延喜二十一年（九二一年）～正暦二年（九九一年）。三十六歌仙の一人である頼基の息。輔親《すけちか》の父。伊勢大輔の祖父。代々伊勢神宮の祭主を務める。後宮の五舎の一つである梨壺（昭陽舎）の五人の一人。『後撰集』の撰者の一人。勅撰集入集歌数は百二十四首。

17 a 千《ち》とせまでかぎれる松《まつ》もけふよりはきみにひかれてよろづよやへん　（公）

〈出典〉拾遺集二四・巻一「入道式部卿のみこの、子《ね》の日し侍りける所に　大中臣能宣」　拾遺抄二一・巻一「入道式部卿親王の子日し侍りける時によみ侍りける　大中臣能宣」　和漢朗詠集三二「春　ちぎりし松も」

〈現代語訳〉千年までと寿命が定められている松も、今日からはあなたの長寿にあやかって、万年も生き続けることができるだろう。

〈鑑賞〉『袋草紙』などによると、能宣が式部卿《しきぶきよう》の御子のためにいい歌が詠めましたと父に報告したところ、こんないい歌を詠んで、もし帝《みかど》の御子の折に詠むことになったらどうするのか、と叱られた話が出ている。

b 昨日《きのふ》までよそに思《おも》ひしあやめ草《くさ》けふ我《わ》が宿《やど》のつまと見《み》るかな　（公・俊）

〈出典〉拾遺集一〇九・巻二「屏風に　大中臣能宣」　拾遺抄七〇・巻二「屏風に　大中臣能宣」　和漢朗詠集一五八「端午」

〈現代語訳〉昨日まで疎遠に思っていた菖蒲を、今日（五月五日）我が家の軒の端に葺《ふ》くと、まるで妻のように親しみを覚えることだ。

〈鑑賞〉『能宣集』の詞書に「五月、菖蒲ふきたる家の端に人ながめてゐたる所」とあるので、屏風《びょうぶ》に描かれた五月の絵を見て写実的に詠んだ屏風歌であることがわかる。

c　御垣守《みかきもり》衛士《ゑじ》のたく火《ひ》の夜《よる》は燃《も》え昼《ひる》は消《き》えつつ物《もの》をこそ思《おも》へ　（俊）

〈出典〉詞花集二二五・巻七「題不知　大中臣能宣朝臣」百人一首四九

〈現代語訳〉衛士《えじ》のたく火が夜は燃えて昼は消えているように、恋の物思いに悩む私も、夜は燃えて昼は消え入るばかりです。

〈鑑賞〉定家はａ「千とせまで」ではなく「御垣守」を「百人一首」に採用している。

✻佐竹本の能宣は、冠に直衣《のうし》姿である。複製では見られないが、丸文の入った鰭袖《はたそで》は特徴的である。身分的に冠直衣姿よりは束帯姿の方があっているか。

34 壬生忠見《みぶのただみ》（右17）

生没年未詳。忠岑の息。天暦七年（九五三年）以下の歌合で活躍している。『百人一首一夕話《ひとよがたり》』によると、幼名は「多々」であり、成人して「忠実」と名乗ったが、後に「忠見」と改名したとのことである。勅撰集に三十六首入集。

35 a やかずともくさはもえなむかすが野をただはるの日《ひ》にまかせたらなむ　（公・俊）

〈出典〉新古今集七八・巻一「題知らず　壬生忠見」和漢朗詠集四四二「草　忠岑」

〈現代語訳〉たとえ野焼きをしなくても、春になると草は萌《も》え出るでしょう。この春日野《かすがの》は春の日と書くのだから。

〈鑑賞〉「もえ」に「萌え」と「燃え」を掛け、地名の「春日」に「春の日」を掛ける。『和漢朗詠集』は作者を忠岑とする。

b いづかたに鳴《な》きて行《ゆ》くらむほととぎす淀《よど》の渡《わた》りのまだ夜深《よぶか》きに　（俊）

〈出典〉拾遺集一一三・巻二「天暦御時、御屏風に、淀の渡りする人描けるところに　壬生忠見」拾遺抄七三・巻二「天暦御時の屏風によどの渡をすぐる人有る所に郭公をかける　忠見」

〈現代語訳〉ほととぎすはどっちの方向に鳴いて飛び去っていくのだろうか。淀の渡り（辺り）はまだ真っ暗なのに。

〈鑑賞〉「夜深き」は暁（午前三時）前後の時間帯をいう。それはほととぎすが鳴く時間でもあった。

c 子《ね》の日《ひ》する野辺《のべ》に小松《こまつ》のなかりせば千代《ちよ》のためしに何《なに》を引《ひ》かまし　（公）

〈出典〉拾遺集二三・巻一「題知らず　忠岑」拾遺抄二〇・巻一「題不知　忠峯」和漢朗詠集三一「子日」

〈現代語訳〉もし子の日の遊びをする野辺に根を引く小松がなかったら、千代の長寿にあやかるためしとして、いったい何を引いたらいいのだろうか。

d 恋《こひ》すてふ我名《わがな》はまだき立《たち》にけり人《ひと》しれずこそおもひ初《そめ》しか　（俊）

〈出典〉拾遺集六二一・巻十一「天暦御時歌合　壬生忠見」拾遺抄二二八・巻七「天暦御時歌合　忠見」百人一首四一

〈現代語訳〉恋をしているという私の噂ははやくも広まってしまったことだ。誰にも知られないように秘《ひそ》かに思い初めたばかりなのに。

〈鑑賞〉定家はａ「やかずとも」ではなく「恋すてふ」を「百人一首」に採用している。これは天徳内裏歌合「恋」題で平兼盛（35）の「しのぶれど」と番《つがい》になって優劣を競った有名な歌である。勝った兼盛は拝舞して退出したとされている。

✲佐竹本の忠見は、黒い袍を着て笏《しゃく》を持った姿になっている。冠に緌《おいかけ》を付けた武官姿は、六位以下の地下《じげ》の衣装とされている。

佐竹本では、忠見と父忠岑（18）の二人だけだが、父子で衣装と構図が似ているのは珍しい。

35 平兼盛《たいらのかねもり》（左18）

生年未詳。正暦元年（九九〇年）没。光孝天皇の玄孫《やしゃご》。篤行王《あつゆきおう》の息。最初は兼盛王だったが、天暦四年（九五〇年）に臣籍降下して平姓を賜《たま》う。『後撰集』時代の有力歌人であるにもかかわらず、撰者になっていないことが不審がられている。勅撰集入集歌数は八十七首。

18 a かぞふればわが身《み》につもるとしつきをおくりむかふとなにいそぐらん　（公）

〈出典〉拾遺集二六一・巻四「斎院の屏風に、十二月つごもりの夜　兼盛」　拾遺抄一六二・巻四「しはすのつごもりの夜よみ侍りける　兼盛」　和漢朗詠集三九六「仏名」

〈現代語訳〉数えてみるとすべて我が身に積もる年月なのに、どうして人は大晦日《おおみそか》を送ったり新年を迎えたりとあわただしく過ごすのだろうか。

b 暮《く》れてゆく秋《あき》の形見《かたみ》に置《お》くものはわが元結《もとゆ》ひの霜《しも》にぞありける　（公・俊）

〈出典〉拾遺集二一四・巻三「暮れの秋重之が消息して侍りける返り事に　平兼盛」　拾遺抄一三三・巻三「くれのあき源重之がせうそくし侍りけるかへり事に　兼盛」　和漢朗詠集二七八「九月尽」

〈現代語訳〉暮れて去ってゆく秋が形見に残していったものは、私の元結に置いた霜ならぬ白髪（老の象徴）であったなあ。

c 忍《しの》ぶれど色《いろ》に出《い》でにけり我《わ》が恋《こひ》は物《もの》や思《おも》ふと人《ひと》の問《と》ふまで　（俊）

〈出典〉拾遺集六二二・巻十一「天暦御時歌合　平兼盛」拾遺抄二二九・巻七「天暦御時歌合　兼盛」百人一首四〇

〈現代語訳〉忍びに忍んでも、私の恋心はつい顔に出てしまったようです。誰かを恋しているのかと人が尋ねるほどまでに。

〈鑑賞〉定家はa「かぞふれば」ではなく「忍ぶれど」を「百人一首」に採用している。

✲佐竹本の歌仙絵は、一般的な黒袍の束帯姿になっている。身分的にはふさわしくない。手に持った笏を顎《あご》に付けているポーズは独自のものであろう。この構図は源順（26）に類似しているので、これを沈思の構図と見るのであれば、順もそう読まなければならなくなる。

★歌仙の謎　「天徳内裏歌合《てんとくだいりうたあわせ》」の顚末《てんまつ》

村上天皇の天徳四年（九六〇年）三月に開催された歌合は、後世の歌合の規範とされているが、内実は前年に行われた公卿《くぎょう》による詩合《しあわせ》を羨《うらや》ましく思った後宮の女房達が、女性のために女房歌合を開催してほしいと村上天皇に訴えて開催された私的なものであった。

源高明《たかあきら》の『西宮記《さいきゅうき》』で確認してみると、前年の天徳三年八月に確かに十番詩合が行われている。会場は清涼殿《せいりょうでん》の東側で、孫廂《まごびさし》の南　階《みなみのきざはし》に天皇の椅子が置かれ、簀子《すのこ》に公卿、庭に畳が敷かれて方人《かたうど》の座となっている。このやり方が一般的だった。

それを受けての翌年の歌合は、後涼殿《こうりょうでん》に隣接する清涼殿の西側が会場となっている。西廂《にしびさし》（台盤所《だいばんどころ》）に天皇の椅子が置かれているが、天皇が西向きになるのは異常というか特殊だった。それはあくまで後宮の女房達の娯楽として開催されたことで、やむをえずそうなったのだろう。

前年の詩合が十番だったのに対して、今度の歌合は倍の二十番に増加している。「霞」（春）から「恋」に至る十二の題が定められ、判者として左大臣藤原実頼、その補佐役を大納言源高明が務めている。歌を詠みあげる講師《こうじ》は、左が源延光《のぶみつ》で右が源博雅《ひろまさ》である。

この博雅は、そそっかしい性格なのか、それとも女性達の目線が気になって上がったのか、三番「鶯」題の歌を詠みあげるところを、間違って四番「柳」題の歌を詠みあげてしまうという大失態をしでかしている。

こういった歌合というのは、臨場感溢《あふ》れる真剣勝負のように思えるが、実際はそうではない。大抵は最初から左の勝ちと決まっていたからだ。それは左が上位だからである。上位に花を持たせるのが遊びのルールだった。今回も左が十勝五敗五分と大勝している。特に左方の中納言藤原朝忠(14)は、五勝一敗という好成績だった。

それに対して右方の兼盛は四勝五敗二分、左方の忠見(34)も一勝二敗二分と負け越している。兼盛も忠見も一首だけの大勝負をしていると思われているかもしれないが、一流の歌人は一人で何首もの歌を提供している。二十番の大勝負の前に、兼盛も忠見も既に何首もの歌が提出・被講《ひこう》されていたのだ。

それでも歌合の最後とあって、盛り上がったのだろう。もともと娯楽なので、判者の実頼も補佐役の高明も歌に造詣《ぞうけい》が深かったわけではない。それもあって優劣が決められず、村上天皇が兼盛の「忍ぶれど」歌を口にされたことで、判者は兼盛の歌を勝ちにした。かなりいい加減な判定だったのだ。

ところで兼盛と忠見はどこにいたのだろうか。たいていは歌合の会場にいて、勝敗を見守っていたと思っているのではないだろうか。甚《はなは》だしい場合は、自ら歌を読みあげたと思っている人もいるかもしれない。しかしながら身分の低い二人が、歌合に参列することは不可能だった。いたとしたらそこから遠く離れた侍所《さぶらいどころ》であろう。

当然、作者自らが歌を詠みあげることもない。前述のように、講師である延光と博雅が歌を詠みあげる役だったからである。天徳歌合に関しては、かなり間違った解釈がまかり通っていたのである。その極めつけは忠見の後日譚《たん》だ。負けた忠見はその後食欲不振に陥《おちい》り、ついに亡くなったと『沙石集《しゃせきしゅう》』に書かれているが、もちろん亡くなってなどいない。臨場感を出すための脚色がそこまで進んでいたのである。

36 中《なか》務《つかさ》（右18）

延喜十二年（九一二年）頃〜正暦二年（九九一年）。父敦慶《あつよし》親王が中務卿だったことで中務と称する。母は伊勢。天暦・天徳期の代表的女流歌人。源信明を筆頭に複数の男性と恋愛関係があった。勅撰集に六十九首も入集しているが、「百人一首」にはとられなかった。

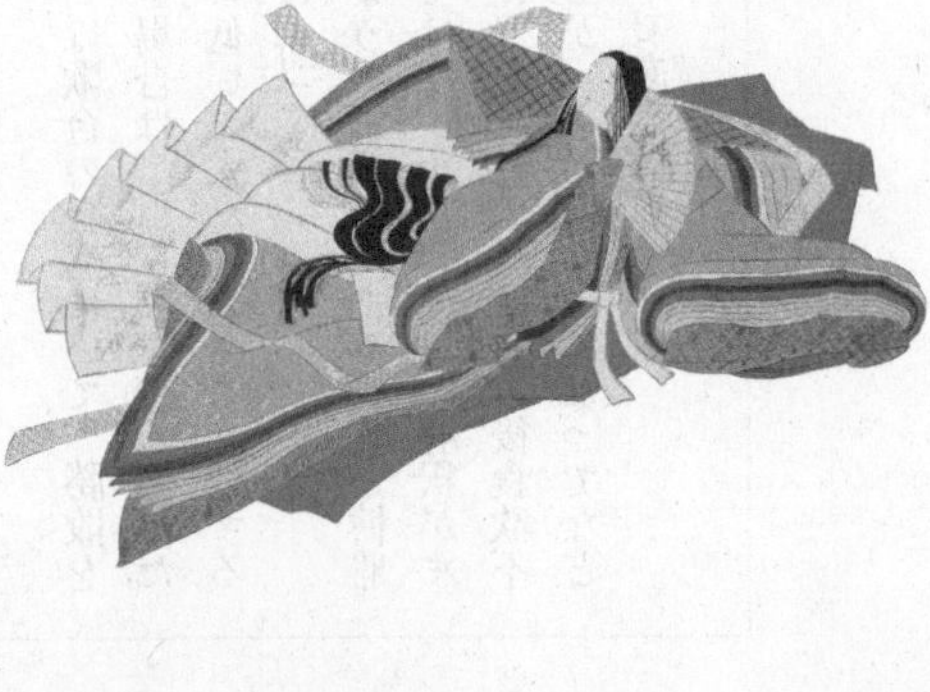

36 a　うぐひすのこゑなかりせば雪《ゆき》きえぬやまざといかではるをしらまし　（公）

〈出典〉拾遺集一〇・巻一「天暦十年三月二十九日内裏歌合に　中納言朝忠」　拾遺抄六・巻一「天暦十年二月廿九日内裏歌合せさせ給ひけるに　読人不知」和漢朗詠集七四「鶯」

〈現代語訳〉春を告げる鶯の声がなかったとしたら、雪が消え残っている山里はどうして春が訪れたことを知るのでしょうか。

〈鑑賞〉『古今集』の「うぐひすの谷より出づる声なくは春来ることを誰か知らまし」（一四）を踏まえる。詞書に「三月」とあるが、『拾遺抄』の「二月」が正しい。『三十六人撰』では「中務」の歌になっているが、『拾遺集』では「朝忠」とあり、また『拾遺抄』では「読人不知」となっている。

b　秋風《あきかぜ》の吹《ふ》くにつけても訪《と》はぬかな荻《をぎ》の葉《は》ならば音《おと》はしてまし　（後）

〈出典〉後撰集八四六・巻十二「平かねきがやうやうかれがたになりにければつかはしける」和漢朗詠集四〇一「風」

〈現代語訳〉あなたは私に飽きたから、秋風が吹くことにかこつけても私を訪れてはくれないのですね。荻の葉だったら風に吹かれて音がした(訪れた)でしょうに。

〈鑑賞〉「秋風」に「飽き」を掛け、「音」に「訪れ」を掛ける。相手の「平かねき」については未詳。あるいは真材(さねき)の誤写か。

c 石《いそ》の上《かみ》ふるき都《みやこ》を来《き》てみれば昔《むかし》かざしし花咲《はなさ》きにけり　(公)

〈出典〉新古今集八八・巻一「題知らず　よみ人しらず」和漢朗詠集五二九「古京」

〈現代語訳〉古い都の跡を訪ねてみると、昔、大宮人たちが髪や冠にかざしていた桜の花が咲いていることよ。

〈鑑賞〉「石の上」は「ふる(布留・古)」を導く枕詞。『新古今集』では「読み人知らず」として出ている。『中務集』では中務の歌。

d 忘《わす》られてしばしまどろむほどもがないつかは君《きみ》を夢《ゆめ》ならで見《み》む　(公・俊)

〈出典〉拾遺集一三一二・巻二十「むすめに後《おく》れ侍りて　中務」拾遺抄三七三・巻八「むすめにまかりおくれて　なかつかさ」

〈現代語訳〉ほんのしばらくでも亡くなった娘の悲しみを忘れて眠りたいものです。もはや現実には会えないのだから。せめて夢で娘に会いたいのに、眠ることもできません。

✻中務は女房として十二単《じゆうにひとえ》姿に描かれており、それだけでは特徴のない歌仙絵であった。むしろ母の伊勢（4）を左右反転させた構図になっている。幸い手に檜扇《ひおうぎ》を持っており、その扇面に紅梅が描かれている。これに注目した白畑よし氏は、

檜扇を持ってふと顔を横に向けるうっとりとした表情は、歌の意味の鶯の声に耳をすませる様子があり、軽やかにひるがえる裳がさらに美しさを加える。

（『日本の美術96歌仙絵』至文堂、43頁）

と述べておられる。それを受けて佐野みどり氏はさらに、

中務像の場合、「うぐひすのこゑなかりせば雪きえぬやまさといかではるをしらまし」という詠歌にある如く、あたかも鶯の声に耳を澄ませ、かなた中空に向け飛翔し去った鶯を追わんが如き視線を示している。そしてこの鶯のイメージは手にする檜扇に描かれた梅樹に立ち帰ってくる。

（『新修日本絵巻物全集一九』角川書店、74頁）

と詳しく解説しておられる。歌に「梅」は詠まれていないものの、「うぐいす」とともに春の訪れを告げる風物なので、この説明に異論などあろうはずがない。ここでは小道具の檜扇が効果的に用いられていることになる。

解説

一、公任『三十六人撰』成立前史

「三十六歌仙」のことを論じるには、まずその母体ともいうべき藤原公任撰《きんとうせん》『三十六人撰』の成立について触れておかなければならない。これが公任撰であることは『後拾遺集』の序に、

大納言公任朝臣、みそぢあまり六つの歌人を抜き出でて、かれが妙《たへ》なる歌、ももちあまりいそぢを書き出だし、又、十あまり五つ番《つが》ひの歌を合せて、世に伝へたり。（新大系8頁）

云々《うんぬん》と記してあり、歌人三十六人・代表歌百五十首という総数まで一致しているので、公任撰と認められていたことがわかる。

平安中期最大の文化人とされる公任（九六六年～一〇四一年）は、これより前に公任と同時代及び公任以前の歌人三十人を撰《えら》んで、それを歌合形式に番《つが》わせた『前十五番歌合』（各一首）を編《あ》んでいる。ここでは巻頭に貫之・躬恒《みつね》を置き、巻末に人麿・赤人が置かれている。巻頭・巻末ともにすぐれた歌人が配されているのではあるが、公任の意識としては、巻頭の貫之を巻末の人麿よりすぐれた歌人と見ていたようである。その証拠に公任撰の『拾遺抄』では、貫之が五十四首撰入しているのに対して、

人麿はわずか九首しか撰入されていなかった。それが花山院《かざんいん》撰の『拾遺集』になると、貫之百七首・人麿百四首となっており、人麿の評価が急上昇していることがわかる。

その公任に対して、和漢の才に秀でた六条宮具平《ともひら》親王（九六四年～一〇〇九年）は、貫之は人麿に及ばないと公任を批判したことが、藤原清輔の『袋草紙』や『古事談』の説話によって知られている。『袋草紙』八六にはその経緯が、

四条大納言（公任）、六条宮（具平《ともひら》親王）に談ぜられて曰《いは》く、貫之は歌仙也と。宮の曰く、人丸に及ぶべからずと。納言曰く、然《しか》るべからずと。爰《ここ》に秀歌十首を書き、後日合《あは》せらる。八首人丸の勝、一首貫之の勝、此歌持《ぢ》云々（ナツノヨハフスカトスレバホトトギス）。此の事より起こりて三十六人撰出来歟《しゅつたいか》。

（『袋草紙注釈上』348頁）

と記されている。両者とも主張を譲らないので、遂に公任は貫之の秀歌十首を、具平親王は人麿の秀歌十首を持ちより、貫之と人麿による「十首歌合」を行って優劣を決することになった。その結果は、具平親王の推《お》す人麿の圧勝（八勝一敗一分）だった。貫之を推した公任は見事に完敗したのである。ただし誰が判定したのかは書かれていない。

村上天皇の第七皇子である具平親王は、当代きっての博学で、管絃《かんげん》・書・陰陽道《おんみようどう》な

どにも通じ、また詩壇の中心人物でもあった。なお勅撰集撰入歌を比較すると、公任八十九首に対して具平親王は四十一首と少ないこともあり、この説話がどこまで真実を伝えているのかはわからない。ここではロマンも含めて受け入れておきたい。

というより具平親王の選んだ人麿の歌は、『万葉集』所収の「人麻呂」歌ではなく、ほとんど読み人知らずの秀歌を集めた「人麿」歌である。それを考えると、貫之は「人麻呂」(万葉歌人)ではなく幻想の「人麿」(平安歌人)に負けたことになる。もちろん当時、そんなことは考えもつかなかったであろうが。

二、公任の『三十六人撰』成立

いずれにしてもこれが契機《けいき》となって、公任は歌人三十人を集めた『三十人撰』を編んでいる。それは一人一首の『前十五番歌合』の発展形(一人複数首)であった。それを受けて具平親王も、独自に『三十人撰』を編んだ。その唯一の写本と思われる『歌仙歌合』(国宝)が現存している。それを見ると、巻頭が人麿・貫之になっており、どうやら敗北を機に公任も人麿を第一の歌人と認めているようである。というより、ここで初めて時代が異なる人麿と貫之の組み合わせが誕生した(あるいは人麿が平安歌人になった)。和歌の総数は、十首歌人六人(六十首)、三首歌人二十二人(六十六首）、一首歌人二人（四首）の計百三十首となっている。二首歌人が二人いるのは、総数を百三十首にするための操作であろうか。

こういった過程を経て、公任はさらに最終的に『三十六人撰』を編纂《へんさん》した。『前十五番歌合』から『三十人撰』への移行で、何人もの歌人の出入りがあったからである。あるいは公任と具平親王とで、選んだ歌人に違いがあり、そこで融合策《ゆうごうさく》として、歌人六人を増加して三十六人にしたのではないだろうか。

あらためて『前十五番歌合』と『三十六人撰』の歌人を比較すると、道綱母《みちつなのはは》・高階貴子《たかしなたかこ》・菅原輔昭《すがわらのすけあき》の三人が脱落し、代わりに家持・猿丸・敏行・敦忠・宗于・興風・高光・頼基・信明の九名が新たに加えられている（女性が減少している）。この入れ替えには、具平親王の影響があったと考えたい。もしそうなら、『三十六人撰』は公任の単独撰というより、具平親王との共編（合作）とすべきではないだろうか。少なくとも具平親王の存在は大きかったはずである。『三十六人撰』の成立については、公任だけでなく具平親王も重視したい。

そういったことを勘案《かんあん》すると、『三十六人撰』の成立は、具平親王が亡くなった寛《かん》弘《こう》六年（一〇〇九年）からそう時間が経過していない頃と考えられる。その『三十六人撰』には、人麿・貫之ら有力歌人六人は一人十首、その他の歌人三十人は一人三首で、計百五十首が収められている。評価に応じて十首歌人六人と三首歌人三十人に分けられているわけだが、ここにも具平親王と公任との競い合いが反映していると見たい。

では、歌合形式であるからには、組み合わされた歌人同士の複数の歌は、テーマを含めてきちんと番《つがい》になるように配列されているのだろうか。どうもそこまで行き届いてはいないようだ。組み合わせの妙まで考えたのであれば、歌の選択が今とは異なっていたのではないだろうか。

ところで現代の古典文学史を見ると、公任の評価は案外低いようである。かつては『和漢朗詠集』の撰者であり、また『三十六人撰』をはじめとする多くの秀歌撰『金玉集』『和歌九品』『深窓秘抄』『如意宝集』の撰者ということで、かなり高く評価されてきた長い歴史がある。せめて「三十六歌仙」の見直しによって、もう少し公任が再評価されないものだろうか。それだけのものを持っている人なのだから。

三、「歌仙」の誕生

その『三十六人撰』から歌人三十六人の秀歌各一首を抜き出し、一人各一首計三十六首にした一首歌仙本が、いわゆる「三十六歌仙」である。これには「三十六人歌合」という別称もあった。公任の『三十六人撰』からして、左右を番《つが》わせる歌合形式になっていたのだから、その延長と見れば、「三十六人歌合」という作品名の方がむしろふさわしいともいえる。

それに対して「佐竹本三十六歌仙」がそうであるように、歌人の歌仙絵を伴うようになると、「三十六歌仙」という作品名の方が幅を利《き》かせてくる。要するに所収和歌を重んじる場合は「三十六人歌合」であり、歌仙絵を重視したものが「三十六歌仙」ということになる。現在でも二つの名称が併存しているが、「三十六歌仙」の方が優勢であろうか。

歌仙絵を伴うといっても、大きく二つの形態がある。歌仙絵と和歌が一紙の中に書き込まれているものと、歌仙絵と和歌が別々になっているものの二種である。特に絵と歌が分かれているものは、歌仙帖にでも貼りこまれていれば問題ないが、ばらばらになっていると、正しく組み合わせられないこともある。間違って貼りこまれたら、間違っていることさえわからなくなる恐れがある（これといって特徴のない歌仙絵も少なくない）。

なお「歌仙」といういい方は、案外新しいようである。一般には中国の詩人を「詩仙」というのに対して、日本の歌人を「歌仙」と称するとされている。ところが上代に用例はなく、『古今集』仮名序でも「歌の聖《ひじり》」とはあっても「歌仙」は見当たらない。「六歌仙」といった言い方にしても、『古今集』よりずっと後世になってから命名されたものだった。

かろうじて『古今集』真名序に「和歌仙」とあるが、これにしても「わかのひじり」と訓《よ》んでいる。これによれば中国の「詩仙」に対する歌人は「和歌仙」だったとすべきであろうか。その「和歌仙」が後世に「歌仙」として定着した(「似絵」と称することもある)。『能因法師集』の序には、『古今集』の撰者のことを「四人の歌仙」といっている。

特に「佐竹本三十六歌仙」の成立によって、「三十六歌仙」といういい方が一般化していった。その時点で、単なる歌人というだけではなく、「歌仙絵」の意味まで付与されているようである。

もちろん歌仙絵入りのものでも、「三十六人歌合」というタイトルになっているものが少なくないので、必ずしもきちんと使い分けられていたわけではなさそうである。むしろ二つの異なる書名があることを、きちんと認識すべきであろう。そうでないと、異なる作品と勘違いされる恐れがあるからだ。

四、『俊成三十六人歌合』の存在

公任の『三十六人撰』から、その一首歌仙本としての「三十六歌仙」が成立していれば説明は楽なのであるが、現存する「三十六歌仙」の所収和歌には、『三十六人撰』所収歌以外の歌が少なからず含まれている。「三十六歌仙」は決して単純な抜粋ではなかったのだ。そしてそこには藤原俊成の関与が絡んでいた。

本来ならば『三十六人撰』があって、そのダイジェスト版として「三十六歌仙」が編まれるはずである。ところが多くの「三十六歌仙」は、『三十六人撰』に所収されていない歌を含んでいる。そこで詳しく調べてみると、そのほとんどは『俊成三十六人歌合』所収の歌であった。ここでそれについて少しばかり解説しておこう。

俊成は公任の『三十六人撰』を尊重しつつも、撰歌にはいささか不満を抱いていたらしい。そこで歌人はそのままで、所収歌を独自に入れ替えた『俊成三十六人歌合』を編纂している。これは俊成の公任に対する挑戦でもあったろう。ただややこしいことに、全ての歌が入れ替えられているわけではなく、約四割（四十三首）は公任と同じ歌で、約六割（六十五首）が別の歌になっている。

それでも半分以上の歌を入れ替えているのだから、これは時代的な好みというより、二人の秀歌意識にかなり大きな違いがあると見たい。ここでもし俊成が歌人まで入れ替えていたら、もっとややこしいことになったであろう。それこそ最初の「異種三十六歌仙」になっていたかもしれない。

もう一つ、俊成は公任の歪《いびつ》な選び方を踏襲せず、全員平等に各三首計百八首に編み直している。これも大きな特徴の一つである。歌数によって歌人に優劣をつけたくなかったのかもしれない。これで百五十首だったものが百八首に減少した。この俊成を尊重したのが後鳥羽院であり、『時代不同歌合』でも歌人百人各三首計三百首になっている。しかも撰入歌にしても、かなり俊成と同じ歌が撰ばれていた。それは定家の「百人一首」所収歌以上の俊成尊重であった。

いずれにしても、俊成によって公任の『三十六人撰』の別バージョンが作られたことが、その後の「三十六歌仙」の展開に大きな影響を与えたことは間違いあるまい。もともとダイジェストなので、「三十六歌仙」の核となるべき定本など、最初から存在していない。というより、歌の入れ替え自由というのが、「三十六歌仙」の最大の特徴ともいえる。こんな作品は他には考えられない。

そうなると、歌よりも歌仙絵の美術的価値の方が重要なのではないだろうか。もちろん歌の筆者にも付加価値はあるが、少なくとも、どの歌が撰ばれているかはさして重要ではなかったようだ。要するに「三十六歌仙」は、歌仙絵が主で歌は従(添え物)になっているといえる。所収歌の違いに目くじらを立てるのは、現代人だからかもしれない。

五、六条家と御子《みこ》左家《ひだりけ》の対立

ところで藤原顕季《あきすえ》の写した人丸像の上部には、

ほのぼのと明石の浦の朝霧に島隠れゆく舟をしぞ思ふ（古今集四〇九番）

という歌が色紙に書かれて貼られていた。この歌は『万葉集』になく、『古今集』に唐突に掲載されているもので、しかも作者表記は「読み人知らず」であり、かろうじて左注に「この歌はある人の曰く柿本人麿が歌なり」とある作者の曖昧《あいまい》な歌であった。

それが早々と人麿の代表歌に昇華していくのだから、あの世で人麻呂は苦笑《にがわら》いしているかもしれない。どうやら「人丸影供《えいぐ》」を行なった六条家では、「ほのぼのと」歌を人丸の代表歌としていたことになりそうだ。ここにおいて『万葉集』所収の真作ではなく、平安和歌としての人麿歌（非人麻呂歌）が、人麿像とセットで撰びとられたことになる。決して万葉の人麻呂が尊重されていたわけではないのである。

それに対して御子左家の藤原俊成は、『古来風体抄』で「ほのぼのと」歌を、柿本朝臣人麿の歌なり。この歌、上古、中古、末代まで相かなへる歌なり。（小学館　日本古典文学全集 第五十巻『歌論集』３８８頁）

と評価しているものの、敵対する六条家と同じ「ほのぼのと」歌を、人麿の代表歌にしたくなかったのではないだろうか。そこで『俊成三十六人歌合』において、公任の撰んでいた「ほのぼのと」歌をあえて落としたのであろう。「ほのぼのと」歌は『古今集』以降、人麿の代表歌として定番であった。それを切り捨てるというのは、尋常なことではあるまい。そこに和歌観の相違というより、御子左家の意地が見え隠れする。

その代わり俊成は、新たに「あしびきの」歌（恋歌）を撰入させている（『古来風体抄』には撰んでいない）。後鳥羽院の『時代不同歌合』も、俊成を尊重して同じ歌を撰んでいる。もちろん定家も、「百人一首」に「あしびきの」歌を撰入させている。このことから御子左家は、六条家との差違を明確にする意図もあって、人麿の代表歌を「ほのぼのと」ではなく「あしびきの」歌に据え直していることになる。

それに連動するのが、歌仙絵の図柄であろう。ただし「百人一首」の古い歌仙絵は存在しない（定家は歌仙絵を必要としなかった？）。そこで近世の素庵本《そあんぼん》（「百人一首」絵入版本）を例にすると、全体の衣装や構図は近似しているものの、「百人一首」の絵では肝心の筆と紙を持っておらず、手を膝《ひざ》に置いた（衣服に隠した）人麿像として描かれていた（30頁の図版参照）。この構図がその後の百人一首絵の主流（典型）になっていく。かるたの歌仙絵も、六条家の絵（人丸影供）を踏襲してはいなかった。最古の人麿像は、筆と紙を持ったものであったが、それは「歌聖」としての人麿のポーズでもあった。だからこそ六条家は、そのまま採用したのであろう。後発の御子左家はそれに対抗するために、あえて筆と紙を持たない人麿像にしたと読むことはできないだろうか。「百人一首」の歌仙絵も、定家以来の二条流歌道の流れを汲《く》むことでそれを踏襲しているのだ。

六、「佐竹本三十六歌仙」について

佐竹本は日本中に強烈なインパクトを与えた。これほど強烈な作品は、他に見当たらない。その仕掛け人はＮＨＫであった。昭和五十八年十一月三日に放映された「絵巻切断　秘宝三十六歌仙の流転」がそれである。これは翌年四月に日本放送出版協会から『秘宝三十六歌仙の流転　絵巻切断』として出版され、大いに話題となった。

もともと「佐竹本三十六歌仙」が切断されたのは、大正八年（一九一九年）のことである。なぜ切断されたかというと、巻子本《かんす》二巻のままではあまりにも高価すぎて、買い手がつかないというのが理由であった。その切断を実際に陣頭指揮したのは、田中親美《しんび》氏である。この切断事件が、後に文化財保護問題に大きな影響を及ぼしていることはいうまでもない。

それはさておき、NHKは大きな間違いを犯していた。というより「切断」という言葉の持つ衝撃《しょうげき》あるいは魅力に負けたのかもしれない。実は絵巻は、いわゆる切断などされていなかったからである。もちろんばらばらにされたのは事実である。しかしながら切り取られたのではなく、もともと料紙が糊《のり》で継がれていたところを、見事な技術ではがしたというのが真相であった（絵巻はすべて紙を継いで長くなっている）。

分断されたのは三十六歌仙と住吉神社の絵で、計三十七枚であった（もう一枚、住吉神社の対になる絵があったとも考えられている）。一枚の寸法は、タテ三十六センチ、ヨコは幅がまちまちだが、だいたい六十センチから八十センチになっている。そういった中で「伊勢」は、本来歌仙伝があって次に歌仙絵の順に貼られていた二紙を、歌仙絵・歌仙伝の順に貼り替えられて表装されている。分断されたことで、もとの番《つがい》（左右）が一緒に並ぶことはなくなり、歌人一人だけでの鑑賞になったからであろう。

さらにNHKは令和元年十月二十三日、まさに三十六年ぶりに「歴史秘話ヒストリア」で佐竹本を取り上げ、「幻の絵画流転のドラマ　至高の美 佐竹本三十六歌仙」を放映している。これはちょうど京都国立博物館が特別展「流転100年 佐竹本三十六歌仙絵と王朝の美」(二〇一九年十月十二日〜十一月二十四日)を開催していたことと重なっている。この年は佐竹本が分断されてからちょうど百年目に当たっており、だからこそ大規模な展示が企画されたのであろう(コロナ禍の前でよかった)。

その折、『佐竹本三十六歌仙絵と王朝の美図録』の解説を担当されている学芸員の井並《いなみ》林太郎氏が、

佐竹本(の歌仙絵)は和歌に基づいて鑑賞されることによってその真価を発揮する作品だと考えるからである。(17頁)

と、掲載和歌と歌仙絵の相関関係にするどく切り込んでおられることを知り、興味を抱いたことは最初に述べた通りである。これが本書執筆の契機になっているといっても過言ではない。

肝心の佐竹本についてだが、古くは京都の下鴨神社に伝来していたとされている。それが久保田《くぼた》藩(秋田藩)の佐竹家の所蔵となった。そのため所蔵者に因《ちな》んで「佐竹本」と称されているというわけである。現在の研究では、成立は鎌倉時代中期頃とされている。それでも美術的価値も資料的価値も十分高い(他に完本に近くて古い歌仙絵は見当たらない)。

ただし伝来の過程で傷みが生じており、紀貫之の歌仙伝と凡河内躬恒《おおしこうちのみつね》のすべては、江戸時代に狩野探幽が描いたものとされているので、厳密には完本とはいえない。その他、全体に探幽による補修の手が入っているようである。

七、藤原信実《ふじわらののぶざね》と藤原為家《ふじわらのためいえ》

「佐竹本三十六歌仙」の制作者は、伝藤原信実画・伝藤原良経《よしつね》筆とされている。これはあくまで伝承作者ということである。特に良経（後京極摂政）は元久《げんきゅう》三年（一二〇六年）に三十八歳で亡くなっており、そこまで佐竹本の成立を遡《さかのぼ》らせることは困難である。おそらく筆者は後京極流の書を継承する後人であろう。それに対して信実は、文永三年（一二六六年）頃まで生存している。むしろその信実と組むのにふさわしい人物は、定家の息・為家ではないだろうか。為家ならば建治《けんじ》元年（一二七五年）まで生存しており、信実との重なりがより長いからである。

しかも二人は美福門院加賀《びふくもんいんかが》（隆信と定家の母）の孫であり、「百人一首」の成立論にも必ず名前があがる人物であった。信実など「百人一首」以外に、「佐竹本三十六歌仙」「業兼本《なりかねぼん》三十六歌仙絵」「上畳本《あげだたみぼん》三十六歌仙絵」の絵師とされているだけでなく、後鳥羽院撰『時代不同歌合』の歌仙絵の絵師としても名があがっており、「百人一ソンであった(他にふさわしい絵師がいない)。

そこに新たに為家を参入させてみたい。従来、為家は「百人一首」にだけ名前が登場していた。為家が「百人一首」を完成させたことは夙《つと》に知られている。実はその為家には「為家本三十六歌仙絵」もあり、また「上畳本三十六歌仙絵」「時代不同歌合絵」の和歌の筆者としても名前があがっていた。このうち「上畳本三十六歌仙絵」など、まさしく信実絵・為家筆とされているものである。伝承筆者なのでどこまで正しいのかはわからないが、一つがそうであれば他もその可能性を模索《もさく》すべきであろう。

この二人を別々に考えてもいいのだが、もし一緒に考えることができたら、「三十六歌仙」のみならず「百人一首」や『時代不同歌合』との交流が考えられる。為家はそれができる立場にある重要人物であった(為家は百人一首絵を企画しなかったのだろうか)。いずれにしても今後の「三十六歌仙」研究においては、為家というもう一人のキーパーソンに注目することで、三作品を同じ土俵に上げて考えてみてはどうだろうか。

八、鎌倉時代成立の「三十六歌仙絵」(佐竹本以外)

ここで佐竹本以外の古い歌仙絵について述べておきたい。「三十六歌仙」には、鎌倉時代成立とされるものが複数伝存している。それだけ需要があったということだろう。まず、

①「上畳本三十六歌仙絵」、これは歌仙絵の下に畳が描かれていることによる。構図は佐竹本とほぼ同じである。当初は巻子本であったが、後に分断され、現存しているのは十六図ほどとのことである。幸い近世の模本があるので、その全容が確認できる。次に、

②「業兼本三十六歌仙絵」、これは本文の筆者を平業兼（詳細未詳）とするものである。やはり元は巻子本だったらしいが、現在は掛幅《かけふく》（掛軸装）として十五点しか残っていないが、これにも模本が伝わっている。歌仙絵の構図のみならず所収和歌も佐竹本とは大きく異なっている。むしろ『時代不同歌合』と一致するところから、「時代不同歌合絵」から影響を受けて成立したと考えられている。続いて、

③「為家本三十六歌仙絵」、これは前述のように定家の息である為家（一一九八年～一二七五年）の筆とされる白描画である。現存しているのは十四図ほどである。次に、

④「後鳥羽院本三十六歌仙」、知名度の高い後鳥羽院を伝承筆者とするもので、元

は巻子本だったが、分断されて十五点ほどが伝わっている。色紙型のような料紙に歌仙絵が描かれているのが特徴である。その他、

⑤「光長本三十六歌仙絵」は、平安末期の絵師常盤光長《ときわみつなが》の筆とされるものだが、残念ながら貫之・元真・斎宮女御の三点しか確認されていない。本作品の特徴は一般的な一首歌仙本ではなく、代表歌二首を掲載していることである。「俊忠本三十六歌仙絵」とされる白描画も同様である。こういった形態の「三十六歌仙」の存在を想像させる遺品といえる。次は、

⑥「為氏本三十六歌仙絵」で、これは為家の長男為氏《ためうじ》（一二二二年〜八六年）を筆者とするものである。絵はほぼ業兼本と同じであり、やはりその祖本としての「時代不同歌合絵」が想定されている。続いて、

⑦「宣房本三十六歌仙絵」は、筆者を万里小路宣房《までのこうじのぶふさ》（一二五八年〜一三四八年）とするものである。また子の藤房（一二九五年〜没年不明）筆とされる伝本も残されているが、親子だけに極めて近しい関係にあるとされている。

「三十六歌仙」を研究するためには、こういった鎌倉時代の作品のみならず、影響を受けたとされる『時代不同歌合』との比較も必須《ひっす》であろう。

九、『三十六人撰』の一首歌仙本

公任と俊成だけの文学活動なら、さほど大きな問題は生じなかっただろう。ところが前述のように、「百人一首」の成立の影響を受けてか、『三十六人撰』から各歌人の歌を一首だけ抜き出した一首歌仙本が登場したのである。その嚆矢《こうし》が「佐竹本三十六歌仙」ともいえる（それ以前の存在も想定されてはいる）。

この場合、『三十六人撰』からの抄出（ダイジェスト）であるから、それを「三十六歌仙」と称することに何の問題もあるまい。同じように『俊成三十六人歌合』から各一首を抜き出した「三十六人歌合」が作られたとしても、それはそれで納得できよう（書名の違いも説明できる）。

ところが『俊成三十六人歌合』の純粋な抄出本は作られなかったようだ。もともと『三十六人撰』と『俊成三十六人歌合』の歌人は同一であるから、見てすぐに区別はつきそうもない。ということで、この両作品を合わせた歌の中から、各一首を抜き出した一首歌仙本が登場してもおかしくあるまい。しかもその混態本が、すべて「三十六歌仙」という同一名で称されているのである。ここに他の作品とは異なる「三十六歌仙」のややこしさ・複雑さがあった。

本来『三十六人撰』と『俊成三十六人歌合』は別の作品である。しかし歌人が共通すること、また俊成が中世以降権威的な存在であったこともあって、公任バージョン・俊成バージョンと見られていたかもしれない。ダイジェスト版にしても、歌人が変わらない以上、同一視されたとしても不思議はあるまい。歌仙絵があって、その歌人の歌が付いていれば、それは紛れもなく「三十六歌仙」だからである(やはり絵の方が主体であった)。

各一首を抜き出す側からすれば、各歌人の歌の選択肢は多い方が独自の「三十六歌仙」が編集できる(組み合わせが増大する)ので「三十六歌仙」は、業兼本から早くも『三十六人撰』と『俊成三十六人歌合』の両方から歌を抜き出すことがまかり通っている。だから「三十六人歌合」という別称も生じているのであろう。その組み合わせは、簡単には計算できないほど膨大な数字になる。諸本系統を試みようとしても、何千何万通りあるかわからない。ということで、現在まで「三十六歌仙」の悉皆《しっかい》調査など行われていないのである。

それが歌合形式を意識して、主題を合わせるための取捨選択ならいいのだが、ここまでくると歌合形式へのこだわりは薄れているようにも思える。むしろ各歌人は独立した存在として受け取られているのではないだろうか。

こんな奇妙な作品は、他に見たことがない。これが私の正直な感想である。それもあって「三十六歌仙」は、現在まで定本とすべきものが提起されていない。より純粋な本ということでは、『三十六人撰』のみから抄出したものであろうが、そういった伝本はなさそうである。それよりも混態本の方が圧倒的に多く現存している。あるいは混態本という認識すらなかったのかもしれない。

十、「三十六歌仙」の諸本分類

もちろん人間の頭というものは、いかに異なる「三十六歌仙」を編纂するかという方向にはいかず、むしろ権威ある写本を継承する方向に向かうようだ。そのため新藤協三氏によって、所収和歌による六系統分類が提起されている（『三十六歌仙叢考』）。それは次の六系統である。

1、佐竹本系統　佐竹本と一致するもの。上畳本。後京極流。
2、尊円本系統　尊円筆『詩歌抜書』と一致するもの。尊円は御家流。
3、行俊本系統　尊円本の傍書に一致するもの。行俊は世尊寺流。
4、松花堂本系　松花堂昭乗の色紙に一致するもの。松花堂流。
近衛《このえ》龍山→昭乗→乗淳→彩雲（藤田友閑）→季吟

5、歌仙拾穂《しゅうすい》抄系　北村季吟「歌仙拾穂抄」所収歌と一致するもの。

6、歌仙抄系　下河辺長流「歌仙抄」所収歌と一致するもの。近衛信尹（近衛流）

近衛政家↓前久↓万治三年↓元禄三年刊歌仙

祖本は定家本か↓万治二年↓歌仙金玉抄↓歌仙大和抄↓歌仙二葉抄

もちろんすべての諸本がこのどれかに所属するというわけではない。新藤氏はあくまで便宜的に、少なくとも複数の伝本が存するものに限ったとのことである。ということは、今後諸本研究が進めば（分母が増えれば）、つまりより多くの伝本が検討されれば、系統分類は大きく改訂・修正される可能性がある。コンピュータを駆使して分類が行われれば、系統が肥大して分類そのものが意味をなさなくなる（崩壊する）恐れもある。あるいは特定の本文系統に偏《かたよ》っていることが実証されるかもしれない。すべては今後の研究の進展に委《ゆだ》ねるしかないのだが、一つの見通しとして『歌仙拾穂抄』系の伝本が多いのでは、という予測を持っている。それは版本だから現存数が多いという安易な意味ではない。版本になる以前の親本の素性が、権威ある近衛家（藤原摂関家）所有の本であったからである。このことは案外核心を衝《つ》いているのではないだろうか。

「百人一首」は和歌が固定しているので、諸本を分類する必要はないが、その対極にある「三十六歌仙」は、所収和歌が流動的なので、諸本分類が困難になっている。そういったことさえ、これまでほとんど考えられてこなかった。

十一、「三十六歌仙」と「百人一首」の違い

「三十六歌仙」と「百人一首」は何がどう違うのかという問いに対して、これまできちんとした答えは出されてこなかった。そこであらためて考えてみることにした。

所収歌人の重複ということでは、三十六人中二十五人が「百人一首」にも撰ばれている（十一人が漏れている）ので、三分の二は一致していることになる。一流歌人を撰ぶのだから、当然の結果だろうか。ただし「百人一首」には一流歌人以外も撰入されている。

次に個々の歌人を考えてみよう。歌人の身分ということでいうと、「三十六歌仙」には天皇はおろか親王（内親王）も撰ばれていない。それに対して「百人一首」には、天皇八名、親王・内親王各一名、計十名（一割）が入っている。臣下にしても、「三十六歌仙」に大臣はいないが、「百人一首」には十名もの大臣が含まれている。公任の時代には、身分の高い人は秀歌撰に撰ばないという決まりでもあったのだろうか。それとも定家の撰歌意識が異質なのであろうか。いずれにせよ高貴な貴族が少ない

「三十六歌仙」と、高貴な貴族が多い「百人一首」という違いが明らかになった。それは藤原氏の歌人が九名しかいないと言い換えることもできそうだ。

続いて女性が何人入っているかを比べてみると、「三十六歌仙」に女性はわずか五名しか入っていない（全体の七分の一）。「百人一首」にはなんと二十一名も撰入されており（全体の五分の一）、明らかに比率が高くなっている（「三十六歌仙」の五人を三倍しても「百人一首」より少ない）。もう一つ、法師の数を比較してみると、「三十六歌仙」がたった二名なのに対して、「百人一首」には十二名も撰ばれている。二つを比較しただけで、女性や法師が多いことも「百人一首」の特徴ということになりそうだ。だからこそ「坊主めくり」もできるのである。

今度は構成を比較してみよう。「三十六歌仙」は十八番歌合の書式になっている。ところが「百人一首」は二首の組み合わせよりも、全体が時代順の配列になっており、明らかに作品の構成が異なっている。それに対して『時代不同歌合』は『三十六人撰』の歌合形式を踏襲している。ということで「百人一首」は、あえて歌合形式をとらないことを選択したことになる。

その上「百人一首」は、巻頭に天智天皇と持統天皇、巻末に後鳥羽院と順徳院という親子天皇が配されている。これは「三十六歌仙」が巻頭に人麿と貫之を配していることとは明らかに意識が異なっている。ついでながら、公任は『三十六人撰』に自身を入れていないが、定家は「百人一首」に自身を入れており、その点も異なっている。

以上は歌人について比較した結果である。それより大きな違いは、むしろ所収和歌に存している。というのも、「百人一首」は最初から一人一首であり、歌の出入りなど一切なかった。それに対して「三十六歌仙」は、前述のように複数の歌の中から自由に歌を撰べるので、作品によって所収和歌が異なることになる。

要するに「百人一首」は代表歌が固定しているが、「三十六歌仙」は代表歌が流動的なのである。だからこそ歌仙絵が必要（要《かなめ》）なのではないだろうか。この構造の違いが、「百人一首」と「三十六歌仙」の最も大きな違いだと考えたい。「三十六歌仙」は作品の許容性というかルーズさが、諸本研究の大きな障害になっているのである。

ここまできて、『三十六人撰』や『俊成三十六人歌合』に歌仙絵が添えられたものは作られなかったのだろうか、という疑問が生じた。『時代不同歌合』には複数の歌と歌仙絵が描かれているのだから、「光長本三十六歌仙絵」や「俊忠本三十六歌仙絵」のような「一首歌仙本」や「三首歌仙本」があってもおかしくはあるまい。むしろその方が原典に近いとも思うが、やはり歌仙絵が優先されることによって、歌は最小限に削られてしまったようである。

十二、近衛家と「三十六歌仙」

近衛家と「三十六歌仙」との関係は、二つの視点から考えた方がよさそうだ。一つは、近衛家に『三十六人撰』『俊成三十六人歌合』の写本が複数伝来しているのみならず、「佐竹本三十六歌仙」の写しをはじめとして、多くの「三十六歌仙」が集められていることである。「三十六歌仙」の諸本は、ほぼ近衛家に収束し、近衛家から派生しているようである。言い換えれば近衛家は、「三十六歌仙」を支配・統括していたことになる。

もう一つは、近衛尚通《ひさみち》（一四七二年〜一五四四年）という人物の存在である。というのも尚通は、『俊成三十六人歌合』に自ら歌を追加しており（入れ替え歌を増補しており）、しかもその歌が後の「三十六歌仙」に反映されていることである。これによって俊成の追加分だけでなく、尚通の追加分までも諸本分類の際に考慮しなければならなくなった。

それこそが現在する伝本で最も多いと考えている『歌仙拾穂抄』系なのである。その例歌として藤原元真の、

夏草はしげりにけりな玉鉾の道行人も結ぶばかりに　（新古今集一八八番）

をあげることができる。この「夏草は」歌は『三十六人撰』にも『俊成三十六人歌合』にも所収されていないものであり、本来なら後人の補塡《ほてん》（不純物）として真っ先に排除されるはずである。

ところがそうはならず、これを含む新たな一諸本が形成されている。それは『三十六人撰』や『俊成三十六人歌合』の権威に反する選択だが、それだけ尚通というか近衛家の権威・影響力が強かったことになる。これも「三十六歌仙」にだけ通用する諸本分類の特徴といえる。

なお三重県伊賀市の敢國神社《あえくにじんじゃ》には、近衛信尹《のぶただ》が書いて奉納した「三十六歌仙」の扁《へん》額《がく》が所蔵されている。また東京国立博物館にも信尹自筆の「三十六歌仙帖」（色紙帖）が所蔵されている。国立公文書館には近衛前久《さきひさ》筆の「三十六人歌合」（色紙帖）が所蔵されているなど、近衛家の書写した「三十六歌仙」は決して少なくない。ついでながら、その近衛家の本を写している（利用している）のが松花堂昭乗なので、松花堂本にしても近衛家の系統に組み入れられそうだ。また歌仙抄本も、近衛家との関わりが深いものである。というわけで、今後は近衛家に注目した「三十六歌仙」の諸本研究が望まれる。

十三、佐竹本を修復した狩野探幽《かのうたんゆう》

佐竹本に限らず、古典籍は長い年月の間に劣化し、傷みや欠落が生じるものである。それを定期的に補修することで、今日まで文化遺産として継承されてきた。佐竹本も何度か所有者を変える中で、どうやら大きな破損などが生じていたらしい。

江戸時代に至って、佐竹本の修理を依頼されたのが絵師の狩野探幽（守信）であった。探幽の手にわたった時の「三十六歌仙」は、巻頭部分が欠落していたようだし、もしかすると各歌人がばらばらの状態になっていたかもしれない。

現在わかっているのは、右（下巻）の最初に位置している紀貫之の歌仙伝の部分は、料紙も筆者も違っており（新しくなっており）、また歌仙絵の方も探幽の手で補修されているということである。

それだけでなく、左（上巻）の二番目に位置している躬恒は、歌仙伝も歌仙絵も失われていたらしく、探幽の補修の際に新たに書き加えられている。その際、本来ならば『三十六人撰』所収の歌を撰ぶのが妥当であったのだが、探幽は『俊成三十六人歌合』所収の歌を撰んだようで、それによって一首だけ異質な歌が加わってしまった。もはやこれを元に戻すことは不可能であろう。

仮に佐竹本が巻子本の状態のままであったとしたら、上巻巻頭の人麿の方が先に破損するはずである。ところが人麿が無事に残っているということは、巻子本として残っていたのではなく、既にばらばらになっていたからこそ躬恒が破損・散逸したことも説明がつく。あるいはもっと以前になくなっていたかもしれないのだが。これについては森暢《もりとおる》氏も、

第二紙から始まる破損は通例絵巻の場合には見出し難いところである。したがってこの絵巻の順序（或いは体裁）は、ある時期において現状の姿とは異なる、いえば乱雑な状態にあったとも想像され、

（『新修日本絵巻物全集一九』角川書店、8頁）

と述べておられる。森氏は貼られている順番がくるっていたと考えておられるらしい。なるほど佐竹本では宗于・敏行の順も違っている。『三十六人撰』では、敏行・宗于の順になっているからである。これにしても、ばらばらになっていたものを再び巻子本に仕立て直した際に貼り間違えたのか、それとももともと違っていたのかわからない。といった具合に不審な点があるのは、探幽以前の佐竹本の状態に起因していると思われる。

探幽は佐竹本修復に際し、佐竹本をじっくり見る機会を得た。それによって探幽の

創作意欲が掻きたてられたようで、その後「新三十六歌仙画帖」や「百人一首歌仙帖」を描いた際、丹念に調べた佐竹本の知識が見事に応用されている。

例えば佐竹本の斎宮女御は、「百人一首」の持統天皇・式子内親王の二人に活《い》かされているし、佐竹本の見返り小町は、「百人一首」の紫式部や相模《さがみ》の歌仙絵に生かされている。探幽は同じ歌人をそのまま模倣するのではなく、別の歌人に転用しているのである（「百人一首」の歌人が多いことによる策か）。それは「新三十六歌仙画帖」でも同様であり、佐竹本の小大君は小侍従に転用されている。

現在の目でいえば、これは盗作に等しい行為であるが、おそらく当時はそんな意識などなかったのであろう。探幽については、むしろうまく転用しているところが才能の表れだともいえる。

十四、江戸時代の「三十六歌仙」

「三十六歌仙」の系統は、本文系統とは別の視点からも、大きく二つに分類される。一つは歌仙絵を伴う画帖《がじょう》あるいは扁額《へんがく》系統である。もう一つは歌仙絵の有無とは別に、著名な書家によって書写されているものである。古いものは後京極流・尊円流（御家流）・世尊寺流があるし、そこに新たに本阿弥光悦・昭乗・信尹《のぶただ》（三藐院《さんみやくいん》）という寛永の三筆も加わっている。近衛家については前に述べたが、その近衛の依頼を受けて、昭乗もしばしば「三十六歌仙」を書写している。

それは「三十六歌仙」が書道手本や嫁入り本として利用されたからである。その点は「百人一首」の流布とも軌を一にしている。「百人一首」と違うのは、「三十六歌仙」が二条流の古典講釈には用いられなかったことであろうか。そうなると近衛家が「三十六歌仙」供給の要《かなめ》だったとも考えられる。

室町時代の伝本はもっぱら肉筆だが、江戸に入ると「百人一首」と同じく版本として広く流布している。必ずしも悉皆《しっかい》調査は進んでいないものの、光悦本・素庵本をはじめとして近世前期に刊行された版本も少なくない。しかも光悦・素庵は「百人一首」と「三十六歌仙」の両方を手掛けているので、相互の比較が必要であろう。勝川春章《しゅんしょう》にしても両方を出版していることを考えると、出版レベルでは両者は区別されていないことになる。同時に注釈書の体をなしている下河辺長流《しもこうべちょうりゅう》『歌仙抄』（寛文《かんぶん》六年刊）以下、『歌仙　金玉抄《きんぎょくしょう》』（天和《てんな》三年刊）、『歌仙大和抄』（元禄《げんろく》七年）、北村季吟『歌仙拾穂抄《しゅうすいしょう》』（正徳《しょうとく》四年刊）、『歌仙二葉抄』（延享《えんきょう》四年刊）、『歌仙絵抄』（文化《ぶんか》七年）といった類書が次々に出版されており、一般に広く「三十六歌仙」が浸透していたことがわかる。それに便乗して、「異種三十六歌仙」の版本も出版されている。

また「三十六歌仙」は分量が少ないということで、同じく小品である「百人一首」絵入版本の頭書《かしらがき》として掲載されるケースも異常に多かった。頭書には他にも『源氏物語』五十四帖の梗概《こうがい》なども多く見られるが、「三十六歌仙」は単独版より頭書となっている版本の方が圧倒的に多い。

だからこそ目立たないのだろうが、江戸時代に広範に享受されていた（需要があった）ことは明らかだ。もちろん「百人一首」同様、かるたや双六《すごろく》・浮世絵などにも利用されている。こういったものは、これまで国文学の対象からは外《はず》されていたが、今後はこういった文化史的なものまで目配りする必要がありそうだ。というより、「三十六歌仙」と「百人一首」は一緒に研究した方がよさそうである。

十五、明治以降に文学史から消された「三十六歌仙」

かくして「三十六歌仙」は、江戸時代を通して広く流布していた。ところが明治になると、急激に需要が下火になっている。その最大の原因は、寺子屋がなくなり、代わりに小学校が新設されたことであろう。わかりやすくいえば、小学校の教科書に「三十六歌仙」が載らなかったのである。

「百人一首」も同様に教科書には載らなかったが、かるた取りという遊びとして生き残った。もちろん「三十六歌仙かるた」もあるにはあったが、明治期に遊ばれることはほとんどなかった。「百人一首かるた」と「三十六歌仙かるた」の違いはというと、「百人一首」は上の句札に下の句を書きいれることで大衆化に成功したが、「三十六歌仙かるた」は上の句札のままだったので、大衆化から取り残されたのである。

それは歌かるた全般にもいえることである。ただ『源氏物語』『伊勢物語』『古今集』などは、中学校・高等学校の古文の教科書に掲載されることで、古典文学史にも組み込まれて生き残っている。それに対して「三十六歌仙」「和漢朗詠集」や「自讃《じさん》歌《か》」などは古文の教科書に載らなかったことで、古典文学史からも軽視（無視）されてしまい、学校で学習する機会を失ってしまった。教科書では和歌は弱者だったようである。

古文における和歌文学の扱いが軽くなり、わずかな数の歌が抜粋されるだけになったことで、「三十六歌仙」の出番は奪われてしまった。たとえ「三十六歌仙」掲載歌が『古今集』や勅撰集の歌として引用されたとしても、「百人一首」ならばそのことが明記されるだろうが、「三十六歌仙」の場合、「三十六歌仙」に触れないままで素通りされてしまう。

こうして明治以降、「三十六歌仙」は古典の教養から完全に抜け落ちてしまった。

これだけたくさん歌仙絵が残っているのに、美術品としては取り上げられても、古典文学として取り上げられることは皆無に近い。

このまま「三十六歌仙」を埋《うず》もらせたままにしていいのだろうか。なんとかもう一度浮上させることはできないのだろうか。そこで本書は「三十六歌仙」の復活を願い、この作品のことを少しでも多くの方に知っていただくことを念頭において、筆をとった次第である。

三十六歌仙関係論文

久曽神昇「三十六人撰とその秀歌」愛知大学文学論叢31・昭和41年1月
森暢『歌合絵の研究　歌仙絵』（角川書店）昭和45年1月
白畑よし「歌仙絵」日本の美術96・昭和49年5月
森暢「三十六歌仙」『新修日本絵巻物全集一九』（角川書店）昭和54年3月
佐野みどり「佐竹本三十六歌仙絵の性格」『新修日本絵巻物全集一九』（角川書店）昭和54年3月
伊藤敏子「佐竹本三十六歌仙絵巻の構成と成立」『新修日本絵巻物全集一九』（角川書店）昭和54年3月
『歌仙拾穂抄・いわつつじ』（新典社北村季吟古註釈集成別巻6）昭和55年10月
森暢『歌合絵・百人一首絵』（角川書店）昭和56年12月
樋口芳麻呂『王朝秀歌撰』（岩波文庫）昭和58年3月
橋本守正『三十六人歌仙御手鏡』（エムアンドエイチ）昭和60年5月
蔵中スミ『三十六人歌仙（狩野永納画）』（桜楓社）昭和62年5月
蔵中スミ「寛永の三筆と三十六歌仙―歌仙絵と歌仙和歌の系譜―」親和女子大学研究論叢26・平成5年2月
有吉保『歌仙』（勉誠社）平成8年6月

蔵中スミ「『歌仙金玉抄』私見―歌仙和歌の一系統としての位置付け―」『江戸初期の三十六歌仙・光琳・乾山・永納』(翰林書房) 平成8年11月
吉海直人『歌仙金玉抄・頭書絵抄歌仙』(大空社江戸時代女性文庫90) 平成10年6月
田仲洋己「『俊成三十六人歌合』について」岡山大学文学部紀要31・平成11年7月
藤田洋治「近世期における『三十六歌仙』の享受の一面―『百人一首』版本に合刻された一首歌仙本―」人文論究68・平成11年9月
新藤協三「六六私抄から歌仙拾穂抄へ」『歌仙絵抄』翻刻・解題」『三十六歌仙叢考』(新典社) 平成16年5月
田野慎二「『歌仙金玉抄』の挿絵―「百人一首絵」利用の実態―」広島国際大学医療福祉学科紀要3・平成19年3月
林　進「天理図書館所蔵の嵯峨本『三十六人歌合』―その依拠本と本文版下の筆者について―」ビブリア127・平成19年5月
鈴木　淳「光悦三十六歌仙考」『江戸の歌仙絵―絵本にみる王朝美の変容と創意―』(国文学研究資料館特別展示目録) 平成21年12月
山田哲平「詩と絵画の織物 三十六歌仙絵に見られる空想肖像画―麻布本の場合―」明治大学教養論集484・平成24年3月
大伏春美「一首本『三十六人歌合』の諸本についての覚え書き」徳島文理大学文学論叢30・平成25

年3月
久保木秀夫「『三十六人歌合』書陵部御所本をめぐって」国文鶴見47・平成25年3月
寺島恒世「歌人の絵姿―歌仙絵の成立と展開―」『アメリカに渡った物語絵』（ペリカン社）平成25年3月
高橋則子「役者絵『見立三十六歌撰』について―文学と歌舞伎から―」歌舞伎：研究と批評49・平成25年5月
阿美古理恵「菱川派における歌仙絵の制作について―古典画題の俗化―」『詩歌とイメージ』（勉誠出版）平成25年5月
『歌仙―王朝歌人への憧れ』（徳川美術館図録）平成25年9月
山口恭子「『歌仙大和抄』と本阿弥光悦流手本の刊行」法政大学文学部紀要68・平成26年3月
寺島恒世「変容する三十六歌仙絵―藤房本の特異性―」『絵が物語る日本』（三弥井書店）平成26年3月
久下裕利『物語絵・歌仙絵を読む―附『歌仙絵抄』『三十六歌仙歌合画帖』』（武蔵野書院）平成26年10月
櫛井亜依「〈資料紹介〉実相院蔵『三十六歌仙画帖』」同志社国文学82・平成27年3月
新藤協三「三十六歌仙の成立とその意義」文学研究27・平成28年3月
岡宏三「出雲大社所蔵土佐光起「三十六歌仙図額」について」古代文化研究27・平成31年3月

吉海直人「三十六歌仙基礎資料稿」同志社女子大学大学院文学研究科紀要19・平成31年3月
田野慎二「菱川師宣記念館蔵『歌仙』―解題と翻刻・影印」国文学研究資料館調査研究報告39・平成31年3月
土屋貴裕「三十六歌仙絵の成立と「時代不同歌合絵」」大和文化135・令和元年8月
『佐竹本三十六歌仙絵と王朝の美図録』（京都国立博物館）令和元年10月
笹川博司『資料紹介三十六歌仙短冊』（私家版）令和元年12月
石澤一志「佐竹本三十六歌仙絵小考―歌仙絵と文字―」文芸研究141・令和2年3月
吉海直人「三十六歌仙基礎資料稿（2）―「佐竹本三十六歌仙」を読む―」同志社女子大学日本語日本文学32・令和2年6月
平野ミッシェル「江戸中期・後期に現れる歌仙絵とその解釈について―北村季吟の『六六私抄』と喜多武清画『歌仙絵抄』を中心に―」古代文学研究第二次29・令和2年10月
笹川博司『三十六歌仙の世界―公任『三十六人撰』解読―』（風間書房）令和2年11月
吉海直人「三十六歌仙基礎資料稿（3）―影月堂文庫所蔵「古名筆三十六歌仙帖」の翻刻と解題―」同志社女子大学学術研究年報71・令和2年12月
綿引香織「高志の国文学館蔵『三十六人歌合』」高志の国文学館紀要5・令和2年12月

◆あとがき◆

「三十六歌仙」ってどんな作品、「百人一首」とどう違うの、どんな歌人や歌が入っているの。本書はそんな疑問をお持ちの方に、わかりやすく説明した「三十六歌仙」の入門書です。「三十六歌仙」についての解説はもとより、所収されている和歌の解説・現代語訳も付けてあります。もちろん歌仙絵も掲載《けいさい》しています。

ただし「三十六歌仙」の所収和歌《しよしゆう》は複雑なので、代表歌の一首や二首では間に合いそうもありません。そこで各歌人につき、よく引用されている歌、代表歌とされている歌、「百人一首」に撰入されている歌など、三首以上を取り上げてみました。それでも完璧《かんぺき》ではありませんが、たいていの「三十六歌仙」所載歌はヒットするはずです。

諸本によって所収歌に大きな相違がある、これこそ「三十六歌仙」最大の特徴といえます。これは所収歌が固定している「百人一首」の対極にある作品ともいえます。「百人一首」は藤原定家という権威ある撰者がいるので、歌を入れ替えることなどはできなかったのでしょう。

それに対して「三十六歌仙」は撰者もおらず、もとから複数の和歌（選択肢）があったので、誰でも撰者になれるのです。それが作品にこれほど大きな揺れを生じさせているとすれば、面白い現象だと思いませんか。

それもあって「百人一首」と「三十六歌仙」は、江戸時代には類似作品として競合《きょうごう》していました。そのため歌や作者名のない歌仙絵を見せられても、それが誰なのか、また「百人一首」なのか「三十六歌仙」なのかを判別するのは非常に困難です（二十五人は共通しています）。かろうじて左とか右とか書いてあれば、少なくともそれは「百人一首」ではありません。

歌仙絵に価値がある間は、「三十六歌仙」の需要《じゅよう》もあったようですが、和歌にウェイトがかかってくると、「百人一首」が「三十六歌仙」を凌《しの》いだというか、「三十六歌仙」までカバーしていったらしく、いつしか「三十六歌仙」は出版業界から姿を消していきました。あるいは「三十六歌仙」は、「百人一首」の中で秘《ひそ》かに生かされているのかもしれません。

本書をお読みになって、「三十六歌仙」という作品に少しでも興味を持っていただければ幸いです。

令和三年七月六日の誕生日に

吉海　直人

ビギナーズ・クラシックス 日本《にほん》の古典《こてん》
三《さん》十《じゅう》六《ろっ》歌《か》仙《せん》
吉《よし》海《かい》直《なお》人《と》=編

令和3年 10月25日 初版発行
令和6年 10月30日 8版発行

発行者●山下直久

発行●株式会社KADOKAWA
〒102-8177 東京都千代田区富士見2-13-3
電話 0570-002-301(ナビダイヤル)

角川文庫 22898

印刷所●株式会社KADOKAWA
製本所●株式会社KADOKAWA

表紙画●和田三造

ISBN 978-4-04-400663-1 C0192

◆◇◇

角川文庫発刊に際して

角川源義

第二次世界大戦の敗北は、軍事力の敗北であった以上に、私たちの若い文化力の敗退であった。私たちの文化が戦争に対して如何に無力であり、単なるあだ花に過ぎなかったかを、私たちは身を以て体験し痛感した。西洋近代文化の摂取にとって、明治以後八十年の歳月は決して短かすぎたとは言えない。にもかかわらず、近代文化の伝統を確立し、自由な批判と柔軟な良識に富む文化層として自らを形成することに私たちは失敗して来た。そしてこれは、各層への文化の普及滲透を任務とする出版人の責任でもあった。

一九四五年以来、私たちは再び振出しに戻り、第一歩から踏み出すことを余儀なくされた。これは大きな不幸ではあるが、反面、これまでの混沌・未熟・歪曲の中にあった我が国の文化に秩序と確たる基礎を齎らすためには絶好の機会でもある。角川書店は、このような祖国の文化的危機にあたり、微力をも顧みず再建の礎石たるべき抱負と決意とをもって出発したが、ここに創立以来の念願を果すべく角川文庫を発刊する。これまで刊行されたあらゆる全集叢書文庫類の長所と短所とを検討し、古今東西の不朽の典籍を、良心的編集のもとに、廉価に、そして書架にふさわしい美本として、多くのひとびとに提供しようとする。しかし私たちは徒らに百科全書的な知識のジレッタントを作ることを目的とせず、あくまで祖国の文化に秩序と再建への道を示し、この文庫を角川書店の栄ある事業として、今後永久に継続発展せしめ、学芸と教養との殿堂として大成せんことを期したい。多くの読書子の愛情ある忠言と支持とによって、この希望と抱負とを完遂せしめられんことを願う。

一九四九年五月三日

角川ソフィア文庫ベストセラー

源氏物語入門 〈桐壺巻〉を読む　吉海直人

『源氏物語』を読み解く鍵は冒頭巻にあった！　本巻11000字を70章にわけ、原文と鑑賞、現代語訳を掲載。歴史的資料を示しつつ、巧妙な伏線を一言一句のがさず、丁寧に解説。基礎知識も満載。

百人一首の正体　吉海直人

誰もが一度は聞いたことがある「小倉百人一首」。しかし、実はこの作品にはまだまだわかっていないことが多くある。百人一首の「なぜ」を読み解き、今まで知らなかった百人一首の姿を浮き彫りにする！

百人一首の作者たち　目崎徳衛

王朝時代を彩る百人百様の作者たち。親子・恋人・ライバル・師弟などが交差する人間模様を、史実や説話をもとに丹念に解きほぐす。歌だけでは窺い知れない作者の心に触れ、王朝文化の魅力に迫るエッセイ。

新版 百人一首　訳注／島津忠夫

藤原定家が選んだ、日本人に最も親しまれている和歌集「百人一首」。最古の歌仙絵と、現代語訳・語注・鑑賞・出典・参考・作者伝・全体の詳細な解説などで構成した、伝素庵筆古刊本による最良のテキスト。

ビギナーズ・クラシックス 日本の古典 百人一首（全）　編／谷 知子

天智天皇、紫式部、西行、藤原定家――。日本文化のスターたちが繰り広げる名歌の競演がスラスラわかる！　歌の技法や文化などのコラムも充実。旧仮名が読めなくても、声に出して朗読できる決定版入門。

角川ソフィア文庫ベストセラー

カラー版　百人一首
谷　知子

百人一首をオールカラーで手軽に楽しむ！　尾形光琳が描いた二百点のカルタ絵と和歌の意味やポイントを一首一頁で紹介。人気作品には歌の背景や作者の境遇などの解説を付し、索引等も完備した実用的入門書。

古事記
ビギナーズ・クラシックス　日本の古典

編／角川書店

天皇家の系譜と王権の由来を記した、我が国最古の歴史書。国生み神話や倭建命の英雄譚ほか著名なシーンが、ふりがな付きの原文と現代語訳で味わえる。図版やコラムも豊富に収録。初心者にも最適な入門書。

万葉集
ビギナーズ・クラシックス　日本の古典

編／角川書店

日本最古の歌集から名歌約一四〇首を厳選。恋の歌、家族や友人を想う歌、死を悼む歌。天皇や宮廷歌人をはじめ、名もなき多くの人々が詠んだ素朴で力強い歌の数々を丁寧に解説。万葉人の喜怒哀楽を味わう。

竹取物語（全）
ビギナーズ・クラシックス　日本の古典

編／角川書店

五人の求婚者に難題を出して破滅させ、天皇の求婚にも応じない。月の世界から来た美しいかぐや姫は、じつは悪女だった？　誰もが読んだことのある日本最古の物語の全貌が、わかりやすく手軽に楽しめる！

蜻蛉日記
ビギナーズ・クラシックス　日本の古典

右大将道綱母
編／角川書店

美貌と和歌の才能に恵まれ、藤原兼家という出世街道まっしぐらな夫をもちながら、蜻蛉のようにはかない自らの身の上を嘆く、二一年間の記録。有名章段を味わいながら、真摯に生きた一女性の真情に迫る。

角川ソフィア文庫ベストセラー

枕草子
ビギナーズ・クラシックス 日本の古典

清少納言
編／角川書店

一条天皇の中宮定子の後宮を中心とした華やかな宮廷生活の体験を生き生きと綴った王朝文学を代表する珠玉の随筆集から、有名章段をピックアップ。優れた感性と機知に富んだ文章が平易に味わえる一冊。

源氏物語
ビギナーズ・クラシックス 日本の古典

紫式部
編／角川書店

日本古典文学の最高傑作である世界第一級の恋愛大長編『源氏物語』全五四巻が、古文初心者でもまるごとわかる！　巻毎のあらすじと、名場面はふりがな付きの原文と現代語訳両方で楽しめるダイジェスト版。

今昔物語集
ビギナーズ・クラシックス 日本の古典

編／角川書店

インド・中国から日本各地に至る、広大な世界のあらゆる階層の人々のバラエティーに富んだ日本最大の説話集。特に著名な話を選りすぐり、現実的で躍動感あふれる古文が現代語訳とともに楽しめる！

平家物語
ビギナーズ・クラシックス 日本の古典

編／角川書店

一二世紀末、貴族社会から武家社会へと歴史が大転換する中で、運命に翻弄される平家一門の盛衰を、叙事詩的に描いた一大戦記。源平争乱における事件や時間の流れが簡潔に把握できるダイジェスト版。

徒然草
ビギナーズ・クラシックス 日本の古典

吉田兼好
編／角川書店

日本の中世を代表する知の巨人・吉田兼好。その無常観とたゆみない求道精神に貫かれた名随筆集から、兼好の人となりや当時の人々のエピソードが味わえる代表的な章段を選び抜いた最良の徒然草入門。

角川ソフィア文庫ベストセラー

おくのほそ道（全）
ビギナーズ・クラシックス　日本の古典

松尾芭蕉
編／角川書店

俳聖芭蕉の最も著名な紀行文、奥羽・北陸の旅日記を全文掲載。ふりがな付きの現代語訳と原文で朗読にも最適。コラムや地図・写真も豊富で携帯にも便利。風雅の誠を求める旅と昇華された俳句の世界への招待。

古今和歌集
ビギナーズ・クラシックス　日本の古典

編／中島輝賢

春夏秋冬や恋など、自然や人事を詠んだ歌を中心に編まれた、第一番目の勅撰和歌集。総歌数約一一〇〇首から七〇首を厳選。春といえば桜といった、日本的美意識に多大な影響を与えた平安時代の名歌集を味わう。

伊勢物語
ビギナーズ・クラシックス　日本の古典

編／坂口由美子

雅な和歌とともに語られる「昔男」（在原業平）の一代記。垣間見から始まった初恋、天皇の女御となる女性との恋、白髪の老女との契り――。全一二五段から代表的な短編を選び、注釈やコラムも楽しめる。

土佐日記（全）
ビギナーズ・クラシックス　日本の古典

紀貫之
編／西山秀人

平安時代の大歌人紀貫之が、任国土佐から京へと戻る旅を、侍女になりすまし仮名文字で綴った紀行文学の名作。天候不順や海賊、亡くした娘への想いなどが、船旅の一行の姿とともに生き生きとよみがえる！

うつほ物語
ビギナーズ・クラシックス　日本の古典

編／室城秀之

異国の不思議な体験や琴の伝授にかかわる奇瑞などの浪漫的要素と、源氏・藤原氏両家の皇位継承をめぐる対立を絡めながら語られる。スケールが大きく全体像が見えにくかった物語を、初めてわかりやすく説く。

角川ソフィア文庫ベストセラー

和泉式部日記
ビギナーズ・クラシックス　日本の古典

和泉式部
編／川村裕子

為尊親王の死後、弟の敦道親王から和泉式部へ手紙が届き、新たな恋が始まった。恋多き女、和泉式部が秀逸な歌とともに綴った王朝女流日記の傑作。平安時代の愛の苦悩を通して古典を楽しむ恰好の入門書。

更級日記
ビギナーズ・クラシックス　日本の古典

菅原孝標女
編／川村裕子

平安時代の女性の日記。東国育ちの作者が京へ上り憧れの物語を読みふけった少女時代。結婚、夫との死別、その後の寂しい生活。ついに思いこがれた生活を手にすることのなかった一生をダイジェストで読む。

大鏡
ビギナーズ・クラシックス　日本の古典

編／武田友宏

老爺二人が若侍相手に語る、道長の栄華に至るまでの藤原氏一七六年間の歴史物語。華やかな王朝の裏の権力闘争の実態や、都人たちの興味津津の話題が満載。『枕草子』『源氏物語』への理解も深まる最適な入門書。

新古今和歌集
ビギナーズ・クラシックス　日本の古典

編／小林大輔

伝統的な歌の詞を用いて、『万葉集』『古今集』とは異なった新しい内容を表現することを目指した、画期的な第八番目の勅撰和歌集。歌人たちにより緻密に構成された約二〇〇〇首の全歌から、名歌八〇首を厳選。

方丈記（全）
ビギナーズ・クラシックス　日本の古典

鴨　長明
編／武田友宏

平安末期、大火・飢饉・大地震、源平争乱や一族の権力争いを体験した鴨長明が、この世の無常と身の処し方を綴る。人生を前向きに生きるヒントがつまった名随筆を、コラムや図版とともに全文掲載。

角川ソフィア文庫ベストセラー

ビギナーズ・クラシックス 日本の古典
南総里見八犬伝
曲亭馬琴
編／石川　博

不思議な玉と痣を持って生まれた八人の男たちは、やがて同じ境遇の義兄弟の存在を知る。完結までに二八年、九八巻一〇六冊の大長編伝奇小説を、二九のクライマックスとあらすじで再現した『八犬伝』入門。

ビギナーズ・クラシックス 日本の古典
紫式部日記
紫　式　部
編／山本淳子

平安時代の宮廷生活を活写する回想録。同僚女房や清少納言への冷静な評価などから、当時の後宮が手に取るように読み取れる。現代語訳、幅広い寸評やコラムで、『源氏物語』成立背景もよくわかる最良の入門書。

ビギナーズ・クラシックス 日本の古典
御堂関白記　藤原道長の日記
藤原道長
編／繁田信一

王朝時代を代表する政治家であり、光源氏のモデルとされる藤原道長の日記。わかりやすい解説を添えた現代語訳で、道長が感じ記した王朝の日々が鮮やかによみがえる。王朝時代を知るための必携の基本図書。

ビギナーズ・クラシックス 日本の古典
とりかへばや物語
編／鈴木裕子

女性的な息子と男性的な娘をもつ父親が、二人の性を取り替え、娘を女性と結婚させ、息子を女官として女性の東宮に仕えさせた。二人は周到に生活していたが、やがて破綻していく。平安最末期の奇想天外な物語。

ビギナーズ・クラシックス 日本の古典
梁塵秘抄
後　白　河　院
編／植木朝子

平清盛や源頼朝を翻弄する一方、大の歌謡好きだった後白河院が、その面白さを後世に伝えるために編集した歌謡集。代表的な作品を選び、現代語訳して解説を付記。中世の人々を魅了した歌謡を味わう入門書。